국어시간에
세계시읽기

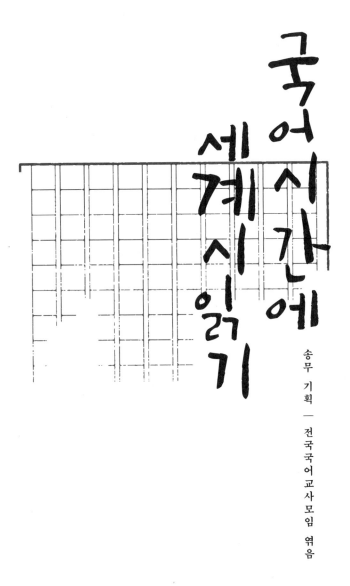

국어 시간에 세계시 읽기

송무 기획 — 전국국어교사모임 엮음

Humanist

국어 시간에 가장 많이 읽는 책

전국국어교사모임은 신나고 재미있는 국어 수업을 만들기 위해 20년이 넘게 애써 왔습니다. 특히, 중·고등학생들이 읽을 만한 책이 없는 상황에서 학생들이 즐겨 읽을 수 있는 책들을 펴내 청소년 문학에 새바람을 불러일으켰습니다. 학생들의 눈높이를 가장 잘 알고 있는 현장의 국어 선생님들이 엮은 '국어시간에 읽기' 시리즈는 학생들의 관심과 흥미를 살폈을 뿐 아니라, 학생들의 삶이나 현실과 맞닿아 있어 공감을 끌어낼 수 있었습니다.

우리 모임에서 청소년 문학으로 낸 첫 번째 책은 김은형 선생님이 수업에 활용했던 소설을 모아 엮은 《국어시간에 소설읽기 1》입니다. 이 책은 나오자마자 청소년 문학 베스트셀러가 되었습니다. 학생들의 눈높이에 맞는 책인지라 수업 시간에 가장 많이 읽는 책이 되었으며, 여러 권위 있는 단체에서 '중학생이 읽기 좋은 책', '중학생에게 읽기를 권장하는 책'으로 뽑았습니다. 우리는 이어서 《국어시간에 시읽기》, 《국어시간에 생활글읽기》 등을 차례로 펴냈고, 그 책들은 모두 현장 국어 교사들이 수업에 적극 활용하는 책이면서 학생들이 즐겨 읽는 책으로 자리 잡았습니다. 이후 아이들에게 더 많은 읽을거리를 제공하고 싶다는 바람으로 《국어시간에 세계단편소설읽기》, 《국어시간에 세계시읽기》, 《국어시간에 세계희곡읽기》 같은 세계 문학 선집도 엮게 되었습니다. 이 모든 읽을거리가 청소년들의 삶을 더욱 풍성하게 하고, 청소년들의 생각을 더 크고 넓게 해 줄 거라 믿습니다.

'국어시간에 읽기' 시리즈는 학생들에게 읽기의 즐거움을 맛보게 해 준 책입니다. 또한 청소년 문학 시장에 다양한 분야의 책이 나올 수 있도록 마중물 역할을 하였습니다.

'국어시간에 읽기' 시리즈를 통해 학생들이 세상을 이해하고 세상 속으로 한 걸음 나아가기를 기대합니다. 또한 우리 주변의 진솔한 삶의 이야기, 그 속에 숨어 있는 보석 같은 깨달음이 여러분과 함께하기를 바랍니다.

이 책들이 모든 사람에게 오래도록 사랑받기를 바랍니다.

전국국어교사모임

드넓고 풍요로운 세계시로의 여행

청소년을 위한 세계문학 선집인 《국어시간에 세계단편소설읽기》에
이어 《국어시간에 세계시읽기》를 내놓게 되었습니다. 이런 종류의
시 선집 출판은 유례없는 일입니다. 세계시 번역집이 시중에 많이
나와 있긴 하지만 청소년들의 관심과 필요에 맞춰 엮은 세계시 선
집은 찾아보기 힘들었습니다. 이제라도 우리 청소년들이 세계문학
의 드넓고 풍요로운 영역을 여행할 수 있게 된 것은 다행스러운 일
이 아닐 수 없습니다.

《국어시간에 세계시읽기》를 기획하면서 우리는 세계 여러 나라
의 좋은 시를 두루 살펴보았습니다. 오랜 시문학 전통을 지닌 영어
권과 유럽의 시뿐만 아니라 상대적으로 덜 알려진 아시아, 아프리
카, 남미의 시도 눈여겨보았습니다. 세계 여러 나라의 중등학교 국
어 교과서들도 살펴보았습니다. 그중 300여 편을 고른 다음, 전국
국어교사모임 선생님들이 다시 한 편 한 편 자세히 읽고 최종적으
로 120편의 시를 선정하였습니다.

시 선정의 첫째 기준은 '읽기에 즐겁고 재미있는 시'였습니다. 반
드시 각 나라의 대표 시를 고르려고만 하지 않았습니다. 주제와 형
식의 다양성도 고려하였습니다. 또 성장기 청소년의 꿈과 희망을
다루고, 삶과 세계에 대한 깨달음과 비전을 줄 수 있는 작품을 우

선적으로 골랐습니다. 이렇게 선정한 시들은 각 언어권 전공자들이 맡아 새롭게 번역하였습니다.

세계시 선집을 엮는 과정에서 가장 어려운 일은 번역이었습니다. 한 언어의 개성이 정교하게 압축된 시 예술을 다른 언어로 옮기다 보면 소리의 아름다운 효과를 잃어버리거나 의미가 훼손될 수도 있습니다. 그렇다고 번역의 과제를 포기할 수는 없습니다. 번역이 존재하지 않는다면 우리 독자들의 문학적 체험 또한 빈곤한 수준을 벗어나기 어려울 테니까요. 번역자들은 원문에 충실하면서도 시의 맛을 살리기 위해 최선을 다했습니다.

우리가 시를 많이 읽어야 하는 이유는 시가 문학의 근본이고 가장 뛰어난 언어 사용 방식이기 때문입니다. 시의 언어는 간결하지만 풍요롭습니다. 시는 비유를 이용해 익숙했던 것을 낯설게 보여 줌으로써 세계와 삶에 대한 이해를 깊고 날카롭게 해 줍니다. 이 책에 실린 세계 여러 나라의 시들은 저마다 제 언어가 지닌 가장 뛰어난 자질을 동원하여 우리가 놓치기 쉬운 삶의 여러 순간을 새롭고 인상 깊게 보여 주고 있습니다. 이 시들을 읽고 얻게 될 즐거움과 깨달음이 크리라 생각합니다.

청소년들이 우리의 시뿐만 아니라 다른 여러 나라의 시도 많이 읽었으면 합니다. 그래서 세계와 삶을 관찰하고 이해하는 감각이 더 예리해지고 깊어지면 좋겠습니다. 그리하여 모두가 자신의 삶을 더욱 의미 있게 가꾸어 갈 수 있으면 좋겠습니다.《국어시간에 세계시읽기》가 그 여정에 조금이나마 도움이 되길 바랍니다.

송무

차례

1부 가지 끝에 꽃망울 터뜨리네

2부 초원을 만들고 싶으면

3부 가을의 노래

4부　눈 오는 저녁 숲가에 서서

1부

가지 끝에
꽃망울 터뜨리네

시를 어떻게 먹죠?

점잔 뺄 것 없어요
그냥 깨물어 먹어요
손가락으로 집어요
물이 턱으로 흘러내리면 핥아 먹어요
언제라도 먹기 좋게 잘 익었거든요

나이프도 포크도 스푼도 필요 없고
접시도 냅킨도 식탁보도 필요 없어요

버릴 게 없으니까요
고갱이도
꼭지도
씨도
껍질도 없어요

이브 메리엄

• 고갱이 | 줄기나 열매 한가운데 있는 심.

살아 있는 것을 해치지 마세요

살아 있는 것을 해치지 마세요
무당벌레도 나비도
희뿌연 날개가 달린 나방도
즐겁게 울어 대는 귀뚜라미도
팔딱팔딱 뛰어오르는 여치도
춤추는 각다귀, 똥똥한 풍뎅이도
땅을 기어 다니는 해 없는 지렁이도

크리스티나 로세티

고요한 연못

고요한 연못
개구리 뛰어들자
물소리 퐁당

마츠오 바쇼

숙제 기계

숙제 기계, 오 숙제 기계
여태껏 본 것 가운데 가장 완벽한 발명품
숙제를 넣고 은화 하나를 집어넣으세요
그러곤 스위치를 탁 누르면 단 십 초 안에
숙제가 끝나서 나옵니다 대단히 빠르고 말끔하게
자, 여기 나왔습니다 9 더하기 4의 답은 3입니다
3이라고?
어이쿠
생각했던 것만큼
완전한 건 아닌 모양이군

셸 실버스틴

도둑맞은 바나나

우리 집은 샛길에 있어요
'바나나길'이라고 하죠
근처에 원숭이가 사는데
원숭이는 바나나를 좋아해요
하지만 원숭이가 사는 곳은
바나나가 없는 풀밭이죠
밤마다 나는 잠들기 전
바나나를 실컷 먹어요
돈이 좀 있으면
바나나 사는 데 써요
바나나를 잔뜩 사다가
옆에 놓아두지요
날마다 일을 나가서도
품삯을 바나나로 받아요

어느 날 저녁 집에 오니
바나나가 없어졌어요
눈앞이 흐릿하고 허기가 진 채로
나는 바나나를 찾았지요
원숭이가 내 바나나를

쥐고 있지 않겠어요
화가 나서 녀석을 발로 차고
바나나를 빼앗았어요
하지만 되찾은 건
바나나 껍질뿐이었죠

그러고선 원숭이가 바나나를
먹지 않았다는 걸 알았어요
이웃 사람이 말하길 어떤 사람이
내 바나나를 훔쳐 갔대요
바나나를 싫어하는
지저분한 광부였는데
자기 아이한테
바나나밥을 먹였대요
그 사람은 가난해서
바나나 살 돈이 없었어요
아이가 너무 배고파 해서
내 바나나를 훔쳤다네요

와트 완레이양쿤

거룻배

거룻배가 밧줄을 이쪽저쪽으로 끌어당겨 몸을 흔들면 조바심치고 고집이 센 망아지처럼 보여

그렇지만 그것은 투박한 그릇이나 손잡이 없는 나무 숟가락일 뿐이야 그래도 사공이 길을 잘 가도록 속이 파이고 휘어져 있지 아무래도 제 딴엔 무슨 생각이 있는 것 같아 마치 이렇게 저렇게 손짓하는 것처럼

사람이 올라타면 힘을 빼고 순해져 몰고 가기 쉽지 뒷발을 치켜든다면 그건 까닭이 있어서야

달랑 혼자 놔두면 물결 따라 흘러가고, 가다가 사라져 버리지 세상 모든 게 그렇듯이, 마치 한 잎 지푸라기처럼

프랑시스 퐁주

비계

석공들은 집을 짓기 시작할 때
꼼꼼하게 비계를 점검한다

자주 오가는 곳에서 널빤지가 빠지지 않도록 확인하고
사다리를 단단히 고정하고 이음매의 나사를 조인다

하지만 일이 끝나면 그것들은 다 철거된다
돌로 쌓은 튼튼하고 믿음직스러운 벽을 과시하면서

그러니 그대여, 때로 당신과 나 사이에 놓인
오래된 다리가 무너지는 것처럼 보여도

두려워 말라 우리는 집을 다 지었기에
그저 비계만 허물어뜨리는 것이니

셰이머스 히니

• 비계(飛階) | 높은 건물을 지을 때 디디고 서기 위해 설치하는 임시 시설.

23

작은 상자

작은 상자에 이가 나기 시작한다
그리고 작은 길이와
작은 넓이, 작은 공간
그 밖에 모든 것을 갖게 된다

작은 상자는 자꾸자꾸 자란다
얼마 전 상자가 들어 있던 벽장이
이제 상자 안에 들어 있다

작은 상자는 점점 더 커진다
이제 방이 상자 안에 들어 있다
그리고 집과 도시와 대지도
전에 상자가 들어 있던 세계도

작은 상자는 어린 시절을 떠올리며
간절히 그리다가
다시 작은 상자가 된다

이제 작은 상자 안에
축소된 전 세계가 들어 있다

당신은 쉽게 그것을 주머니 안에 넣을 수도 있고
쉽게 훔칠 수도, 쉽게 잃을 수도 있다

작은 상자를 소중히 하라

바스코 포파

양파

양파는 정말 특별하다
양파는 속이 없다
철저히 양파 자체이고
속속들이 양파일 뿐이다
겉모습도 양파답고
속 깊은 곳까지 양파스럽다
그러므로 양파는 두려움 없이
자신을 들여다볼 수 있다

우리의 살가죽은 섬뜩하고 미개한 내장을
간신히 가리고 있다
우리의 속에는 지옥 같은 창자와
끔찍한 해부학적 구조가 있다
양파 속에는 양파뿐
비비 꼬인 내장 같은 건 없다
벗겨도 벗겨도
깊숙한 곳까지 같은 모습이다

양파는 겉과 속이 일관된 존재
잘 만든 피조물

한 꺼풀 벗기면 또 한 꺼풀
큰 양파 속에 작은 양파가 들어 있다
또 한 꺼풀 벗기면 또 한 꺼풀이 나온다
중심을 향해 연주되는 둔주곡
동일한 음으로 되살아나는 메아리

양파는 정말 근사하다
세상에서 가장 아름다운 배[腹]!
영광스러운 후광으로
자신의 몸을 감싸고 있다
우리 속에는 지방과 신경과 혈관과
판막과 음부만 있을 뿐
우리에겐 우둔하리만큼
양파다운 완전함이 없다

비스와바 쉼보르스카

• 둔주곡(遁走曲) | 한 음조가 주제를 연주해 나가면, 다른 음조가 같은 주제를
모방하면서 되풀이하는 악곡. 푸가(fuga)라고도 한다. 그 방식이 양파의 구조와
닮았다.

거지

길을 걷고 있는데 늙어 빠진 거지 하나가 나를 붙잡아 세웠다

눈물 어린 퉁퉁 부은 눈, 푸르뎅뎅한 입술, 너덜너덜한 옷, 지저분한 상처…… 아아, 가난이 그 불행한 인간을 얼마나 끔찍하게 괴롭혔던 것일까?

그는 벌겋게 부어오른 더러운 손을 내게 내밀었다…… 그는 신음하듯 울부짖듯 동냥을 청했다

나는 주머니란 주머니를 모조리 뒤졌다…… 지갑도 없고, 시계도 없었다 손수건마저 없었다…… 가진 것이 아무것도 없었다

그래도 거지는 기다리고 있었다…… 나를 향해 내민 손이 힘없이 흔들리며 떨렸다

나는 당황하여 어찌할 줄 몰라 하며 떨고 있는 그 더러운 손을 덥석 잡고 흔들었다

"미안하오, 형제. 나도 가진 게 없구려."

거지는 부은 눈으로 나를 빤히 바라보았다 그의 푸르뎅뎅한 입술에 미소가 떠올랐다 이번에는 그가 나의 차디찬 손가락을 꼭 잡았다

"괜찮습니다, 형제." 그는 중얼거렸다 "그것만으로도 고맙습니다, 형제. 그것 역시 적선이니까요."

나는 깨달았다 나 역시 그 형제한테 적선을 받았음을

이반 투르게네프

나나코에게

빨간 사과처럼 볼을 붉히고
잠들어 있는 나나코

어머니를 닮아
나나코의 볼도 빨갛게 되었구나
한때 윤기 넘치던 어머니의 볼은
이제 조금 해쓱해졌지

아버지한테도 쓰라린 기억이 조금씩 늘었어
말하기 무엇하지만
나나코
아버지는 너한테
많은 것을 기대하지 않을 거야

우리는
남의 기대를 따르려다
자신을
얼마나 망치는지
아버지는 확실히
알았거든

아버지가
너한테 주고픈 것은
건강과
자신을 사랑하는 마음이야

우리가
우리를 잃어버리게 되는 것은
자신을 사랑하는 일을 그만둘 때지
나를 사랑하는 일을 그만둘 때
우리는
남을 사랑하는 일도 그만두게 되고
세상을 잃어버리고 마는 거야
내가 있을 때
우리가 있고
세상이 있어

아버지한테도
어머니한테도
쓰라린 고생이 많았다
이 고생을

지금은
너한테 줄 수 없다

너한테 주고픈 것은
향기로운 건강과
얻기 힘들고
기르기 어려운
자신을 사랑하는 마음이야

요시노 히로시

사랑에 실패하더라도

사랑에 실패하더라도
사랑을 해 보지 못하는 것보다
사랑을 해 보는 것이 낫다

앨프리드 테니슨

• 이 시는 테니슨이 친구 할람의 죽음을 애도하며 쓴 긴 시 〈인 메모리엄〉의 일부
이다.

내게 작고 예쁜 인형이 있었단다, 애들아

내게 작고 예쁜 인형이 있었단다, 애들아
이 세상에서 제일 예쁜 인형이었지
하얀 얼굴에 볼이 빨간 인형이었어, 애들아
머리카락은 매력적으로 곱슬거렸지
그런데 어느 날 히스 벌판에서 놀면서, 애들아
그 귀여운 인형을 잃어버리고 말았단다
나는 일주일 넘게 펑펑 울었어, 애들아
하지만 어디에서 잃어버렸는지 찾을 수가 없었지

어느 날 히스 벌판에서 놀면서, 애들아
그 귀여운 인형을 다시 찾게 되었단다
사람들은 인형이 너무 변해 몰라보겠대, 애들아
칠이 다 벗겨져 버렸거든
암소들에게 밟혀 팔도 떨어져 나갔어, 애들아
머리카락도 곱슬거리지 않았지
하지만 그 인형은 정이 들어 내게는 아직도, 애들아
이 세상에서 제일 예쁜 인형이란다

찰스 킹즐리

• 히스 벌판 | 히스(heath)라는 이름의 관목이 자라는 황야. 영국에 많다.

뱀

뱀아!
하나만 물어보자, 대답해 주겠니?
너는 문명화되지도 않고
도시에 살아가는 것도 모르면서
무는 것을 어떻게 배웠니?
독은 어디에서 얻었니?

아계어

들장미

어린이가
들에 핀 장미 한 송이를 보았네
아침 햇살처럼 갓 피어난 장미
가까이 보고 싶어 한숨에 달려갔네
가슴이 터질 듯 기뻤네
장미, 장미, 빨간 장미
들에 핀 장미

어린이가 말했네 "난 너를 꺾을 거야."
들에 핀 장미
장미가 대답했네 "난 너를 찌를 거야.
그럼 넌 나를 영원히 기억하겠지.
난 꺾이고 싶지 않아."
장미, 장미, 빨간 장미
들에 핀 장미

어린이가 거칠게 꽃을 꺾고 말았네
들에 핀 장미
아파서 소리를 지르며
가시로 아이를 찔렀지만

소용없었네
장미, 장미, 빨간 장미
들에 핀 장미

요한 볼프강 폰 괴테

발견

무언가
찾으려는 생각도 없이
나는 홀로
숲 속으로 걸어갔다

그늘 아래 핀
별처럼 빛나고
초롱초롱 예쁜 눈망울 같은
작은 꽃 한 송이를 보았다

내가 막 꺾으려 하자
꽃이 상냥하게 말했다
제가 꺾여
시들면 어떡하죠?

나는 뿌리째
모두 캐내어
조그만 집
정원에 옮겨 심었다

꽃은 호젓한 곳에서
다시 뿌리를 내리고
가지를 뻗어
날마다 꽃망울을 터뜨린다

요한 볼프강 폰 괴테

바닷물과 눈물

바닷물은 짜다
눈물도 짜다

바닷물이 눈물이 되었나?
눈물이 바닷물이 되었나?

억만년의 눈물이
모여 바닷물이 되었다

언젠가는
바닷물과 눈물 모두 달콤해지리라

아이칭

이니스프리 호수섬

나 이제 일어나 가리라 이니스프리로
가서 진흙과 욋가지로 오두막 짓고
아홉 이랑 콩밭 일구고 꿀벌 통 하나 두어
벌 떼 윙윙대는 숲에서 홀로 살리라

그곳에선 평온을 누릴 수 있으리라, 평온이 느릿느릿
아침의 너울에서 귀뚜라미 우는 곳으로 방울져 내리니
그곳의 한밤은 희미한 빛으로, 한낮은 자줏빛 불꽃으로
저녁은 홍방울새의 날갯짓 소리로 가득하다

나 이제 일어나 가리라 낮이나 밤이나
나지막이 철썩이는 호숫가 물결 소리 들려오니
길 한복판이나 잿빛 인도 위에 서 있을 때에도
가슴속 저 깊은 곳에서 그 소리 들려오니

윌리엄 버틀러 예이츠

• 이니스프리 | 시인의 고향인 아일랜드 슬라이고에 길(Gill)이라는 호수가 있다.
  그 안에 있는 조그만 섬.

왜 아무도 동물원의 사자를
귀여워하지 않을까

이 세상이 만들어진 날 아침
사자는 사람에게 으르렁거렸다

(더 가까이 있었다면)
물려고 했을지도 모른다

그건 배우지 않아도
당연히 알 수 있는 일이다

사자는 으르렁대고
물어뜯을 수 있다

사자가 아담을 괴롭혔다면
아담도 사자에게 으르렁대지 않았을까

으르렁대면 같이 으르렁대고 물면 같이 무는 게
사자를 사자로 대하는 것이다

사실 사자는 물리는 일보다

무는 일을 더 잘하도록 태어났다

그래도 사자의 눈을 들여다보면
온순한 구석이 있다는 것을 알 수 있다

사자는 누군가 자기를 귀여워해 주길 바란다
문제는 녀석의 이빨이 가만있질 않는다는 것

알고 보면 사자도 속마음은 착하다
그런데 자신의 이빨은 맘대로 안 되는 모양이다

존 차르디

맨 처음

"저는 어디에서 왔어요? 저를 어디에서 주웠어요?" 하고 아기가 엄마에게 물었습니다

엄마는 눈물과 웃음으로 아기를 가슴에 꼭 껴안고 대답했습니다

"아가야, 넌 내 가슴속에 소망처럼 숨어 있었단다.

너는 내 어린 시절 소꿉장난 인형 속에 있었어. 아침마다 진흙으로 신을 만들며 너를 만들었다 부수었다 했단다.

너는 우리 집안 수호신과 함께 사당에 모셔졌고, 신에게 예를 올릴 때마다 나는 너에게도 예를 올렸지.

내 모든 희망과 사랑 속에, 내 삶 속에, 내 어머니의 삶 속에 너는 살아 있었단다.

너는 우리 집안을 다스리는 불사의 성령 무릎에서 오랜 세월 길러졌어.

소녀 시절 내 가슴이 꽃잎을 열고 있을 때, 너는 내 가슴 주변에서 꽃향기처럼 맴돌았지.

네 여린 보드라움은 새벽하늘에 어리는 노을처럼 내 젊은 육체 속에서 꽃을 피웠어.

하늘의 첫 아기, 아침 햇살의 쌍둥이로 태어난 너는 세상의 생명 줄기를 따라 흘러 흘러 마침내 내 가슴에 닿았단다.

네 얼굴을 들여다보고 있으니, 신비로움에 숨이 멎을 것 같구나. 만물에 속하는 네가 나의 것이 되었다니.

너를 잃을까 두려워 나는 너를 가슴에 꼭 껴안는다. 도대체 어떤 마술이 세상의 보물을 내 가냘픈 두 팔에 안겨 주었을까?"

라빈드라나트 타고르

아침의 릴레이

캄차카의 젊은이가
기린 꿈을 꾸고 있을 때
멕시코의 아낙네는
아침 안개 속에서 버스를 기다리고 있다

뉴욕의 소녀가
침대 위에서 뒤척이며 미소 지을 때
로마의 소년은
머리맡을 물들이는 아침 햇살에 윙크한다

이 지구에서는
언제나 어디서나 아침이 시작된다
우리는 아침을 릴레이하는 것이다
가볍게 가볍게
그렇게 번갈아 가며 지구를 지킨다

잠들기 전 잠시 귀를 기울이면
어느 먼 곳에서 자명종이 울린다
그것은 당신이 보낸 아침을
누군가가 꼭 움켜쥐었다는 증거다

다니카와 순타로

아침

남편은 아침마다
면도칼로 수염을 깎는다
그때 아내는
부엌칼로 채소를 썬다
서로 칼날을 마주하면서
칼날을 느끼지 못하는
행복한 아침!

다카다 도시코

정원사 6

길들여진 새는 새장 안에서, 자유로운 새는 숲에서 살았습니다

때가 되자 그들은 만났습니다 그것은 운명이었습니다

자유로운 새가 외칩니다 "오 내 사랑, 함께 숲으로 날아가요."

새장 안의 새가 속삭입니다 "이리 와요. 새장 안에서 함께 살아요."

자유로운 새가 말합니다 "비좁은 새장 안에서 어떻게 날개를 펼 수 있어요?"

새장 안의 새가 소리칩니다 "아, 하늘에선 어디에 앉아야 할지 모르겠어요."

자유로운 새가 소리칩니다 "내 사랑, 숲의 노래를 불러요."

새장 안의 새가 말합니다 "내 곁에 앉아요. 학자들의 말을 가르쳐 줄게요."

자유로운 새가 외칩니다 "아, 아니에요. 노래는 가르쳐서 되는 게 아니에요."

새장 안의 새가 말합니다 "어쩌지요, 난 숲의 노래를 몰라요."

그들의 사랑은 그리움으로 뜨거워도 나란히 날개를 펼

치고 날지 못합니다

　그들은 새장의 창살을 앞에 두고 마주 볼 뿐 서로를 알
고 싶은 소망은 헛되기만 합니다

　그들은 애절한 마음으로 날개를 퍼덕이며 노래합니다
"가까이 와요, 내 사랑."

　자유로운 새가 소리칩니다 "그럴 수 없어요. 새장의 굳게
닫힌 문이 무서워요."

　새장 안의 새가 속삭입니다 "어쩌죠, 내 날개는 힘을 잃
고 죽어 버렸는걸요."

라빈드라나트 타고르

후계자

아버지는 말이 끄는 쟁기로 일했다
밭고랑 따라 쟁기 나룻을 잡고 끄는 아버지의 어깨는
한껏 당긴 돛처럼 둥그렇게 되곤 했다
아버지가 혀를 끌끌 차면 말들은 힘을 썼다

아버지는 전문가였다 쟁기에 흙받이를 달고
뾰족하고 빛나는 쟁기 날을 끼웠다
뗏장은 부서지지 않고 말끔하게 뒤집혔다
머리 쪽으로 고삐를 한 번만 당겨도

말들은 땀을 흘리며 방향을 돌려
다시 땅을 갈기 시작했다 아버지는
미간을 좁히고 고개를 기울여 땅을 바라보며
경작지를 정확하게 가늠했다

나는 비틀거리며 아버지 뒤를 따라가다
매끄럽게 뒤집힌 뗏장 위에 넘어지기도 했다
때로 아버지가 목말을 태워 주면 나는
아버지 발걸음에 따라 오르락내리락했다

이다음에 크면 쟁기질을 하고 싶었다
한 눈을 지그시 감고 팔에 힘을 주고 싶었다
하지만 아버지의 커다란 그림자 안에서
밭을 따라다니는 일이 고작이었다

나는 늘 넘어지고 쓰러지고 떠드는
골칫거리였다 하지만 오늘
내 뒤에서 자꾸 넘어지면서도 한사코
떠나지 않으려는 사람은 아버지다

셰이머스 히니

• 나릇 | 수레의 양쪽에 달린 긴 채.
• 뗏장 | 흙이 붙은 채로 뿌리를 떠낸 잔디 조각.

한밤중

깜깜한 밤하늘에

별

별

별

별

달

별

별

별

별

땅 위의 만물은 고요히 잠들고 풀벌레 소리만 이따금 들리네

짱 쌔땅

휘는 보리처럼

바닷가 낮은 들
    모진 바람 속에서
끊임없이 노래하며
    휘는 보리처럼

휘었다 다시 일어서는
    보리처럼
나도 꺾이지 않고
    고통에서 일어나련다

나 또한 나직하게
    낮이건 밤이건
내 슬픔을 노래로
    바꾸련다

사라 티즈데일

흑인, 강을 말하다

나는 강을 안다
세계의 역사만큼 오래되고, 인류의 혈관 속에서 흐르는
피보다 더 오래된 강을 안다

내 영혼은 그 강처럼 깊어졌다

나는 이른 새벽 유프라테스강에서 몸을 씻었다
나는 콩고강 곁에 오두막을 짓고 강물의 자장가에 잠이
들었다
나는 나일강을 보며 그 위에 피라미드를 세웠다
나는 링컨이 뉴올리언스에 내려갔을 때 미시시피강이
노래하는 소리를 들었고 그 진흙 가슴이 해질녘에 온통 금
빛으로 물드는 것을 보았다

나는 강을 안다
오래된 검은 강을

나의 영혼은 그 강처럼 깊어졌다

랭스턴 휴즈

투수

그의 기술은 중심 비껴가기, 노리는 건
겨냥하는 듯하면서 과녁 맞추지 않기

그가 마음 쏟는 건 뻔한 것 피하기
그가 쓰는 기교는 피하는 법 달리하기

다른 이들은 이해할 수 있도록 던지지만
그는 한순간 오해가 일어나도록 던진다

하나 지나침은 없다 난폭한 탈선을 피해
그저 벗어나는 것처럼 보이도록 할 뿐

의사소통을 하지 않으려는 게 아니고 하긴 하되
타자로 하여금 너무 늦게 알아채도록 하는 것

로버트 프랜시스

"어떻게 하면 시인이 될 수 있죠?"라는 물음에 대한 답

나무에서 잎을 따서
그 모양을 꼼꼼히 살펴보세요
가장자리 선이랑
안쪽의 금이랑

이걸 기억해 두세요, 잎이 가지에 어떻게 매달려 있나
(또 줄기에서 가지가 어떻게 뻗어 나왔나)
사월에 어떻게 움터 나오고
유월에 어떻게 멋진 차림을 하나

팔월이 다 가기 전에
손에 쥐고 구겨 보세요
그러곤 잎사귀의 여름 끝 슬픈 향기를 맡아 보세요

딱딱한 잎자루를 씹으면서

가을철 가르랑 소리를 들어 보세요

그 소리가 십일월 하늘에 산산이 흩어지는 걸 지켜보세요

그러곤 겨울이 되어
나뭇잎이 하나도 남아 있지 않을 때

나뭇잎 하나를 만들어 보세요

이브 메리엄

지하철 정거장에서

군중 속에서 홀연히 나타난 얼굴들
축축한 검은 나뭇가지의 꽃잎들

에즈러 파운드

시를 어떻게 먹죠? | 시인은 시를 잘 익은 과일에 비유하고 있다. 잘 익은 과일은 맛도 있고 영양가도 높다. 시는 맛있고 영양가 높은 글이라 할 수 있다. 맛있고 영양가 높은 글이란 어떤 글일까? 읽기에 재미있고 좋은 가르침이 들어 있는 글을 뜻할 것이다. 글을 음식에 비유하는 것이 어떤 점에서 그럴듯한지 생각해 보고 글과 음식을 관련시킨 다른 비유적 표현을 찾아보자. 시라는 과일을 먹을 때 격식을 차릴 필요가 없다는 것은 무슨 뜻일까? 시 감상을 위해 특별한 지식이나 경험이 필요 없다는 뜻일까? 또 시에 버릴 게 없다는 것은 시의 어떤 점을 말하는 것일까?

고요한 연못 | 이 짧은 시에는 이미지만 있을 뿐 아무런 설명이 없다. 대신 이미지와 여백이 많은 울림을 갖는다. 일본의 대표적인 하이쿠 중 하나이다. 하이쿠는 17음절(소리마디)로 쓰는 짧은 시인데 보통 첫 행이 5음절, 둘째 행이 7음절, 셋째 행이 5음절이다. 여기에 번역된 시도 이 규칙을 따랐다. 하이쿠는 어떤 인상적인 사건을 하나의 이미지, 곧 하나의 심상으로 표현한 시다. 이미지란 시인이 체험한 것을 독자도 똑같이 느끼고 체험할 수 있도록 설명 없이 제시하는 삶의 어떤 순간, 장면, 또는 사물을 뜻한다.

거룻배 | 모든 사물은 저마다 특별한 모습과 움직임을 가지고 있다. 그리고 그 특별한 모습과 움직임은 그 사물이 이 세상에 존재하는 이유와 구실을 짐작하게 해 준다.

비계 | 사람 사이의 사귐을 깊게 하는 일이 집을 짓는 일에 비유되어 있다. 그 두 가지 일에서 비슷한 점들은 무엇일까. 건축에서 사

용되는 "비계"는 사람의 관계를 쌓는 일에서 어떤 것에 해당하는 것인지 생각해 보자. 또 우리말의 "관계를 쌓다", "신뢰를 쌓다", "우정을 쌓다"와 같은 표현은 이 시의 비유법과 어떤 관련이 있는지 생각해 보자.

작은 상자 | 시인은 작은 상자를 살아 있는 생명체처럼 이야기하고 있다. 작은 상자는 점점 자라 모든 것을 자기 안에 담아 버린다. 작은 것이 큰 것을 담는 것은 가능한 일일까. 마술 상자일까. 우리는 일상생활에서 작은 것이 큰 것을 담을 수 있다는 것을 자연스럽게 받아들이기도 한다. 큰 것을 담을 수 있는 작은 것들에 대해 생각해 보자. 예를 들어, 한 편의 짧은 시는 많은 의미를 담을 수 있다. 한 권의 책은 거대한 역사를 담을 수 있다. 여러분의 마음은 '큰' 뜻을 품을 수 있다. 인간은 생각하는 존재이기 때문에 그 안에 우주를 품을 수 있다고 말한 철학자도 있다. 작은 것이 자라 점점 커지는 것에는 어떤 것들이 있는지 생각해 보자.

양파 | 평소에 무심하게 보고 지나쳤던 것을 다시 들여다보자. 그리고 그것들을 그것들답게 만들어 주고 있는 것이 무엇인지 생각해 보자. 그것들이 그렇게 생긴 것은 무엇 때문일까, 그것들은 우리와 어떻게 다르고, 다른 것들과는 어떻게 다른 것일까? 어떤 삶을 살기에 그것들은 그런 모습을 하고 있는 것일까?

거지 | 어려운 이웃을 돕는 일이 반드시 물질을 나누는 일만은 아니다. 물질보다 먼저 마음을 나누는 것이 중요할 수 있다. 이 시에서 "형제"라는 말이 어떤 뜻으로 쓰였겠는지 생각해 보자.

뱀 | 이 시는 생명의 창조와 자연현상의 신비로움을 이야기하고 있다. 자연의 모든 존재가 저마다 자신의 존재 방식에 필요한 고도의 기능과 체계를 갖추고 태어나는 것은 경이로운 일이 아닐 수 없다. 하등

생물의 경우도 마찬가지다.

들장미 │ 이 시에 나오는 어린이는 들에 핀 아름다운 장미에 매혹당한 나머지 그것을 꺾고 싶어 한다. 장미를 꺾어 가지면 그 아름다움을 소유할 수 있는 것일까. 꺾인 장미는 시들어 죽고 말 것이다. 장미의 경고를 무시하고 가시에 찔린 어린이는 자신의 잘못을 두고두고 후회하게 되리라는 걸 우리는 알 수 있다. 이 시를 괴테의 다른 시 〈발견〉(38쪽)과 비교하여 읽어 보자. 그리고 장미의 아름다움을 진정으로 향유할 수 있는 방법에 대해 생각해 보자.

왜 아무도 동물원의 사자를 귀여워하지 않을까 │ 자연의 법칙에 따라 주어진 본성대로 사는 생물의 세계에 나쁜 존재가 있다고 할 수 있을까. 우리는 우리에게 피해를 주거나 위험한 존재를 무조건 나쁘게 생각하는 경향이 있다. 하지만 뱀도, 사자도, 모기도 다 생명의 법칙에 따라 살고 있을 뿐이라는 걸 알면 그들에게 적어도 미움의 마음은 갖게 되지 않을 것이다.

정원사 6 │ 갇혀 있다고 해서 다 노예는 아니다. 벗어나려는 의지를 가진 자는 노예라기보다 그냥 갇혀 있는 존재일 뿐이다. 진짜 노예는 노예의 운명을 스스로 받아들이는 자다.

후계자 │ 화자가 회상하는 어린 시절의 아버지는 뛰어난 농사꾼이었다. 화자에게는 아버지에 대한 경탄과 존경의 마음이 가득했고, 아버지는 아들을 사랑했다. 화자는 아버지를 뒤따라 생업을 이어받고 오늘 그 아버지의 자리에 서 있다. 삶의 전통은 이처럼 앞선 사람을 본받고 그를 뒤따름으로써 되풀이되고 이어진다고 할 수 있다.

휘는 보리처럼 │ 이 시에서 "노래"가 의미하는 것은 무엇일까.

우리의 삶에서 노래가 갖는 기능을 생각해 보자. 슬플 때 부르는 노래는 왜 위안이 될까. 노래는 시와 문학을 암시하기도 한다. 시와 문학은 때로 삶의 고통을 위로해 주고 좌절을 이겨 내게 해 준다. 어떤 점에서 그러한지 생각해 보자.

흑인, 강을 말하다 | 인류의 역사를 보면 아프리카인들은 다른 인종의 억압과 학대를 많이 받아 왔고 지금도 많은 고통을 겪고 있다. 대부분의 사람들은 인류의 기원이 아프리카인이었으며, 인류의 수많은 문화적 업적이 다름 아닌 그들에 의해 이루어져 왔다는 사실을 잊고 있다. 이 시에서 "강"이 상징하는 것은 무엇일까. 강은 아프리카인의 역사에 어떻게 비유될 수 있을까.

투수 | 이 시는 야구 투수의 공 던지는 기교에 대해 이야기하고 있다. 투수가 타자에게 공을 던지는 방식은 야수가 다른 선수들에게 공을 던지는 방식과는 다르다. 투수는 타자를 향해 공을 던질 때 아주 복잡한 전략을 사용한다. 투수의 이러한 공 던지기 방식은 의사소통에 관한 비유로도 읽을 수 있다. 투수의 공 던지기 전략이 어떤 방식의 의사소통과 비슷한지 생각해 보자. 시인이 시를 쓸 때의 전략과 비슷한 점이 있지 않을까. 시는 산문처럼 독자가 이해하기 쉽게 쓰지 않고 오히려 이해하기 어렵게 쓰는 것처럼 여겨진다. 왜 그럴까?

"어떻게 하면 시인이 될 수 있죠?"라는 물음에 대한 답 | 시를 잘 쓰기 위해서는 무엇보다 대상을 자세히 봐야 한다. 본다는 것은 그냥 바라만 본다는 게 아니라 관심을 가지고 본다는 것을 뜻한다. 그러나 관찰만으로 시를 쓸 수 있는 것은 아니다. 상상력이 있어야 한다. 상상력이란 관찰된 것들을 종합하여 새로운 사물이나 세계를 마음속으로 그럴듯하게 그려 낼 수 있는 능력을 말한다. 이 시를 디킨슨의 〈초원을 만들고 싶으면〉(67쪽)과 비교해서 읽어 보자.

지하철 정거장에서 | 시인은 어느 날 파리의 어느 지하철역
에 갔다가 지하철에서 내리는 사람들의 얼굴을 보고 깊은 인상을 받
아 그 느낌을 표현하기 위해 긴 시를 썼다. 하지만 그 인상을 제대로
살리지 못하고 있다는 생각이 들었다. 시인은 시를 반으로 줄였다. 그
래도 느낌은 제대로 전달되지 않았다. 시인은 그때의 느낌을 제대로
전달하기 위해 설명보다는 이미지를 이용하는 게 좋다고 생각했다.
마침내 시는 두 줄로 압축되었다. 두 줄로 줄어든 이 시는 곧 이미지
즘(imagism)을 대표하는 시가 되었다. 이 시를 읽고 시인이 어떤 느낌
을 표현하려고 했는지 이야기해 보자. 샌드버그의 〈안개〉(116쪽)와도
비교해 보자.

2부

초원을
만들고 싶으면

수박

과일 진열대의
초록 부처들
우리는 그 미소를 먹고
이빨을 내뱉는다

찰스 시믹

초원을 만들고 싶으면

초원을 만들고 싶으면
클로버 한 잎과 벌 한 마리면 돼요
클로버 한 잎과 벌 한 마리,
그리고 꿈이 있으면요
꿈만으로도 만들 수 있지요
벌을 찾기 힘들 땐

에밀리 디킨슨

달밤에 바닷가에서

달밤에 단추 하나
파도치는 바닷가에 떨어져 있었다

그것을 주워 어디에 쓰려고
생각한 것은 아니지만
그냥 버리지 못하고
호주머니에 넣었다

달밤에 단추 하나
파도치는 바닷가에 떨어져 있었다

그것을 주워 어디에 쓰려고
생각한 것은 아니지만
　　　　달을 향해 던지지 못하고
　　　　파도를 향해 던지지 못하고
호주머니에 넣었다

달밤에 주운 단추는
손가락 끝에 저미고 이내 마음속에 저몄다

달밤에 주운 단추는
어떻게 버려지게 된 것일까

나카하라 추야

나만의 삶

그대들은 꽃처럼 살아라
언제나 사람들이 물 주고 보살피고 찬양해 주지만
한낱 화분에 매인 운명이 되어라

나는 못생긴 키다리 잡초가 되리라
독수리처럼 절벽에 매달려
높고 거친 바위들 위에서 바람에 흔들리리라

돌 껍질 뚫고 나온 생명으로
광활하고 영원한 하늘의
광기에 당당히 맞서리라
시간의 산맥 너머, 또는 경이의 심연 속으로
내 영혼, 내 씨앗을 날라 주는
태곳적 바다의 산들바람에 흔들리리라

차라리 사람들의 눈에 띄지 않으리라

기름진 골짜기에 무리 지어 자라면서
찬양받고 길러지다 탐욕스런 인간의 손에
결국은 뽑히고 마는

좋은 향기를 풍기는 꽃이 되기보다
모든 이가 피하는 잡초가 되리라
달콤하고 향기로운 라일락향 대신
차라리 퀴퀴하고 푸른 악취를 풍기리라
홀로 굳세고 자유롭게 설 수 있다면
차라리 못생긴 키다리 잡초가 되리라

훌리오 노보아 폴란코

종이배

날마다 나는 시냇물에 종이배를 하나씩 띄웁니다

종이배 위에다 내 이름과 내가 사는 마을 이름을 검은색으로 커다랗게 써 넣습니다

낯선 나라에 사는 누군가가 내 종이배를 발견하고 나에 대해 알게 되기를 바랍니다

나는 우리 집 뜰에서 꺾은 슐리꽃을 내 작은 종이배에 싣습니다 이 새벽 꽃들이 밤이 되면 무사히 육지에 닿기를 바라는 마음으로요

종이배를 띄우고 하늘을 바라보면 흰 돛을 한껏 부풀린 조각구름이 걸려 있습니다

나와 놀고 싶은 하늘의 어느 친구가 내 종이배와 경주하고 싶어 구름을 바람에 실어 보냈나 봅니다

밤이 되면 나는 얼굴을 두 팔에 묻고 내 종이배가 한밤의 별들 아래로 하염없이 흘러가는 꿈을 꿉니다

잠의 요정들이 노를 저어 가고 종이배에는 꿈을 가득 담은 바구니가 실려 있습니다

라빈드라나트 타고르

• 슐리(Shiuli)꽃 | 재스민과 비슷하게 생긴 열대 식물. 꽃이 작고 하얗다.

누가 바람을 보았나요?

누가 바람을 보았나요?
나도 당신도 보지 못했어요
하나 나뭇잎 살랑거릴 때
그 사이로 바람은 지나가고 있지요

누가 바람을 보았나요?
당신도 나도 보지 못했어요
하나 나무들 고개 숙일 때
그 곁으로 바람은 지나가고 있지요

크리스티나 로세티

내 가슴에 눈물 흐르네

도시에 비 내리듯
내 가슴에 눈물 흐르네
가슴을 파고드는
이 울적함은 뭐란 말인가

오, 부드러운 빗소리여
땅 위에도 지붕 위에도!
오, 쓸쓸한 가슴에 내리는
비의 노랫소리여!

상심한 이 가슴에
까닭 없는 눈물 흐르네
뭐! 배신이 아니라고?
그래, 이 슬픔 까닭 없네

사랑도 미움도 없는데
내 가슴은 왜 이리 아픈지
까닭조차 모르는 게
가장 큰 고통인 것을!

폴 베를렌

행복

존은
크고 근사한
방수
장화를
신었어요
존은
크고 근사한
방수
비옷을
입었어요
(존이 말했어요)
그거면
됐어요

A. A. 밀른

우산 쓴 아이들

하늘은 큰 소리를 내며 울어 대고
닿기만 해도 퍼런 멍이 들 것 같은
커다란 빗방울을 떨어뜨린다
한 아이가 우산을 쓰고
고양이를 가슴에 꼭 안은 채
빗속으로 들어선다
다른 한 아이가 같이 쓰자고 한다
두 아이는 한 우산 속에 있다
서로 꼭 붙어 비를 피한다
또 다른 한 아이가 같이 쓰자고 한다
세 아이가 한 우산 속에 있다
서로 몸을 감싸며 비를 피한다
오— 또 다른 아이가 같이 쓰자고 한다
아이들은 밝게 웃으며
팔을 뻗어 서로를 껴안고
재잘대며 즐거워한다
그러다 네 아이 모두 흠뻑 젖는다
아이들은
고양이가 안쓰러워
고양이만은 비를 맞지 않게

우산을 씌워 준다

고양이는 야옹야옹 즐거워한다

이 얼굴 한 번 보고 저 얼굴 한 번 보면서

싹씨리 미쏨씁

섬들

섬들
섬들
아무도 상륙한 적 없는 섬들
아무도 내린 적 없는 섬들
나무와 풀로 뒤덮여
표범처럼 웅크린 섬들
말 없는 섬들
움직이지 않는 섬들
잊을 수 없는, 그 이름 없는 섬들
너희가 있는 곳으로 가고 싶어
뱃전 너머로 내 구두를 던져 본다

블레즈 상드라르

나는 모른다

당신을 보면
내 한 조각 마음이
토끼처럼 팔딱거린다
왜 그럴까?
나는 모른다, 나는 모른다!

당신을 보지 않으면
내 한 조각 마음이
야생마처럼 온 천지를 뛰어다닌다
왜 그럴까?
나는 모른다, 나는 모른다!

레쉬엔

뉴스거리

얼마 전 모형 익룡을 제작한
사람의 업적에
경의를 표하자
모형은 살아 있는 것 같았고
작은 모터를 달아
날 수도 있었다

비용이 700,000달러나 들었다

700,000달러로 얻을 수 있는
다른 것들을 생각하면
어려운 결정이었을 것이다

그 돈을 암 연구나
굶주리는 아이들에게 기부하지 않은
배짱을 생각해 보라

기질에서 나오는 것은
어쩔 수 없는 것
그건 타협할 수가 없다

익룡이 이륙 중 추락하여
산산조각 나고 말았기 때문에
어떤 이들은 비판적이었다

하지만 중요한 건 그게 아니다
예술은 영원하다

마이클 스완

• 익룡(翼龍) | 중생대에 하늘을 날았던 파충류의 한 종류. 이름은 '날개가 달린
  용'을 뜻한다.

돌과의 대화

나는 돌의 문을 두드린다
"나야 나, 들여보내 줘.
네 안으로 들어가
한 바퀴 둘러보고
너를 마음껏 호흡하고 싶어."

돌이 말한다
"저리 가. 난 꼭 닫혀 있어.
네가 나를 산산조각 낸다 해도
난 열리지 않아.
네가 나를 가루로 만든다 해도
난 너를 들여보내지 않을 거야."

나는 돌의 문을 두드린다
"나야 나, 들여보내 줘.
그저 순수한 호기심으로 찾아온 거야.
삶만이 호기심을 충족시켜 줘.
네 궁전을 거닐고 싶어.
그런 다음 나뭇잎과 물방울을 찾아갈 거야.
내겐 시간이 많지 않거든.

내가 죽을 운명이라는 걸 알면
너도 마음이 움직이겠지."

돌이 말한다
"난 돌로 만들어졌어.
그러니 철저히 올곧은 표정을 지을 수밖에 없지.
저리 가.
내겐 웃을 수 있는 근육이 없어."

난 돌의 문을 두드린다
"나야 나, 들여보내 줘.
네 안에 커다란 빈방이 많다고 들었어.
아무도 본 적이 없는, 아름답지만 쓸모없는 방
아무 소리도 나지 않고, 발소리도 들리지 않는 방들 말이야.
인정해. 넌 네 자신을 잘 모른다고."

돌이 말한다
"커다랗고 비어 있는 건 맞아.
하지만 방은 아니야.

물론 아름다울 수도 있지.

네 저급한 감각에 맞지 않을 거야.

네가 나를 조금은 알 수 있어도 모든 걸 다 알 수는 없어.

내 바깥은 너를 향해 있지만

내 안은 전부 돌아서 있으니까.”

나는 돌의 문을 두드린다

“나야 나, 들여보내 줘.

너한테서 영원한 안식처를 찾으려는 게 아냐.

난 불행한 사람도 아니고

집 없는 떠돌이도 아니거든.

내가 사는 세상은 충분히 돌아가서 살 만한 곳이야.

빈손으로 들어갔다 빈손으로 나올게.

네 안에 들어갔다 나왔다는 증거는

아무도 믿지 못할

말뿐일 거야.”

돌이 말한다

“들어올 수 없어. 네겐 함께하겠다는 마음이 없어.

함께하겠다는 마음은 다른 어떤 마음으로도 바꿀 순 없어.

설사 모든 것을 볼 수 있는 뛰어난 눈을 가졌다 해도

함께하겠다는 마음이 없으면 소용없지.

넌 들어올 수 없어.

넌 그 마음이 어때야 한다는 것만 알 뿐이야.

너한텐 그 마음의 씨앗에 불과한 상상력만 있을 뿐이지."

나는 돌의 문을 두드린다

"나야 나, 들여보내 줘.

내가 이십만 년이나 살지는 못하잖아.

그러니 네 집에 들여보내 줘."

돌이 말한다

"내 말이 믿기지 않으면 나뭇잎한테 물어봐.

나랑 똑같이 말할 거야.

물방울한테 물어봐. 나뭇잎이랑 똑같이 말할 거야.

마지막으로 네 머리카락한테 물어봐.

웃음이 터질 것 같아. 정말, 배꼽이 빠질 지경이라고.

웃는 법도 모르지만 말이야."

나는 돌의 문을 두드린다
"나야 나, 들여보내 줘.

돌이 말한다 "나한텐 문이 없거든."

비스와바 쉼보르스카

독수리

굽은 손으로 바위를 움켜쥐고
태양 가까이 외로운 땅
짙푸른 세계 한가운데 그는 서 있다

주름진 바다가 저 아래 스멀거린다
그는 산의 절벽 위에서 지켜보다
번개처럼 낙하한다

앨프리드 테니슨

로빈슨 크루소

로빈슨, 영리한 로빈슨 씨
당신이 얼마나 부러운지 몰라
당신의 섬을 내게 보여 줄 수만 있으면
거기에서 마음의 평화를 얻을 거야

나는 배가 될 테니 당신은 선장을 해
어느 날 아침 돛을 펼 수 있을 거야
바다는 햇빛 속에서 우리의 그림자가 되고
우리는 여행을 떠나 마침내 섬에 도착하지

당신이 통역사 노릇을 해 줘
물고기들에게 나를 소개해 줘
야생의 새들과 꽃들에게도 말해 줘
나도 한집안 식구라고

나는 나무 오르는 법을 알아
익은 열매를 구별할 수도 있어
그럭저럭 돌도 깰 수 있을 거야
불 지피고 음식을 만드는 법도

로빈슨, 지혜로운 로빈슨 씨
당신의 섬이 아직 가라앉지 않았다면
날 그 섬에 데려다 줘
바닷길이 닫히기 전에

카히트 시트키 타란치

• 로빈슨 크루소 | 영국 소설가 대니얼 디포(1660~1731)의 널리 알려진 소설. 로
  빈슨 크루소가 항해하던 중 배가 난파당하는 바람에 무인도에 표류하여 혼자
  힘으로 여러 해를 살아 나가는 이야기를 담고 있다.

비가 내린다

듣는다 아래위로 그대를 묶어 놓는 인연의 줄이 내려오는 소리를

듣는다 회환과 환멸의 옛 음악에 맞춰 흐느껴 우는 듯한 빗소리를

성난 구름이 천가의 도시들을 온통 뒤흔들며 우르릉대기 시작한다

비는 그대 내 인생의 놀라운 만남들처럼 내리고 있다 오 빗방울들이여

비가 내린다 기억에서도 사라져 버린 듯한 여인들의 목소리로

기욤 아폴리네르

신기한 일

정말로 신기하다
까만 구름 속에서 내리는 비가
은빛으로 반짝거리는 것이

정말로 신기하다
푸른 뽕잎을 먹는
누에가 하얘지는 것이

정말로 신기하다
아무도 손대지 않는 박이
혼자 사르르 열리는 것이

정말로 신기하다
누구에게 물어도
웃으면서 당연하다고 하는 것이

가네코 미스즈

비 새는 지붕 몇 주나 바라만 보다

비 새는 지붕 몇 주나 바라만 보다
오늘 밤에 고쳤네
판자 하나 움직여

게리 스나이더

하늘의 무지개 바라보면

하늘의 무지개 바라보면
내 가슴 뛰는구나
어렸을 적에도 그러했고
어른인 지금도 그러하다
나이가 들어도 그러기를
아니면 죽어도 좋으리라
어린이는 어른의 아버지
내 생활이 자연을 경애하는 마음으로
하루하루 이어지기를

윌리엄 워즈워스

무지개의 발

비 개인 뒤
구름 사이로
가는 국수발처럼 올곧게
햇볕이 지상에 흠뻑 꽂혀
앞길에 하루나산이 보일 무렵
산길을 오르는 버스 안에서 보았다, 무지개의 발을
눈 아래 펼쳐진 논길 위에
무지개가 살포시 발을 내려놓은 것을!
들판에 늘씬하게 발을 내려딛고
무지개 아치가 가뿐히
하늘에 우뚝 서 있었다!
그 무지개의 발바닥에
작은 마을과 몇 채의 집이
폭 안기어 물들여져 있었다
그런데도
집에서 뛰쳐나와 무지개의 발을 만지려 하는
그림자는 보이지 않았다
— 이봐, 당신 집이 무지개 안에 있지, 뭐야
승객들은 뺨을 붉히며
들판에 선 무지개의 발을 바라보았다

아마도 그건 버스 안 우리한텐 보이나
마을 사람들한텐 보이지 않는 걸까
그럴 수도 있겠지
남들한테는 보이지만
자신은 보지 못하는 행복 속에서
특별한 놀라움도 없이
행복하게 살고 있다는 것을

요시노 히로시

• 하루나산(榛名山) | 일본 관동지방 북부 군마현에 있는 산으로 예부터 산악신
앙을 받들어 온 산이다. 산의 남서쪽에 하루나신사(榛名神社)가 있다.

사랑 시

사랑을 하게 되면 우리는 풀을 사랑하게 되지요
헛간도, 가로등도
밤새 발길 끊긴 중앙로도

로버트 블라이

서정시 17

첫째, 시는 마술적이어야 한다
그다음 갈매기처럼 음악적이어야 한다
시는 움직이는 빛이어야 하며
새의 꽃피움을 비밀로 간직해야 한다
시는 종처럼 날씬해야 한다
불도 품고 있어야 한다
시는 활의 지혜로움을 지녀야 하고
장미처럼 무릎을 꿇을 줄 알아야 한다
시는 비둘기와 사슴이 뿜어내는 빛을
들을 수 있어야 한다
시는 자신이 찾는 것을
새색시처럼 숨길 수 있어야 한다
이 모든 것을 이룬 다음, 나는 시의 표면에
미소 짓는 신의 모습을 어리게 하고 싶다

호세 가르시아 빌라

새를 그리는 법
- 엘자 앙리케즈에게

먼저 문이 열린
새장을 하나 그리세요
그런 다음
새를 위해
예쁘고
단순하고
아름답고
쓸모 있는 것들을 그려 넣으세요
그다음엔
정원이나 숲 속
또는 산속 나무 아래
그 그림을 기대 두세요
그런 다음 아무 말도 하지 말고
나무 뒤에 몸을 숨겨 봐요
움직이지도 말고
새가 금방 날아올 수도 있으니까요
하지만 마음의 결정을 내리느라
몇 년이 걸릴 수도 있어요
용기를 잃지 말고

기다리세요

몇 년 동안 그래야 한다 해도 기다려야 해요

새가 빨리 오든 천천히 오든

그건 그림이 잘 그려진 것과는 상관이 없답니다

때가 되면

새는 반드시 날아올 거니까요

깊은 침묵으로 관찰하며

새가 새장으로 들어갈 때까지 기다리세요

그러다 그날이 오면

붓끝으로 문을 살며시 닫고

쇠창살을 하나씩 하나씩 지우는 거예요

새의 깃털을 건드리지 않도록 조심하면서

그다음엔 나무를 그리세요

새를 위해

가장 아름다운 가지를 그려 주세요

초록색 이파리와 싱그러운 바람과 눈부신 햇살과

뜨거운 여름날 풀밭에서 윙윙거리는

벌레들 소리도 빼놓으면 안 돼요

그런 뒤에 새가 노래하기로 결심할 때까지 기다리는 거예요

새가 노래를 부르지 않으면

그건 좋지 않은 징조예요

그림이 좋지 않다는 뜻일 테니까요

하지만 새가 노래를 부르면 좋은 징조예요

그림을 그린 당신이 서명해도 좋다는 뜻일 테니까요

자, 이제 아주 조심스럽게

새의 깃털을 하나 뽑아

그림 한구석에 당신의 이름을 써 넣으세요

자크 프레베르

석류

넘쳐 나는 알맹이에 떠밀려
반쯤 입 벌린 단단한 석류여
스스로의 발견에 기뻐 못 견디는
고귀한 이마들을 보는 것 같다

오오 방긋이 입 벌린 석류여
너희가 버텨 낸 햇볕이
너희가 자랑스럽게 쌓아 온
홍옥의 벽을 무너뜨린다 해도

황금빛 메마른 껍질이
어떤 힘을 이기지 못하고
붉은 과즙의 보석들로 터진다 해도

나는 이 빛나는 파열로
일찍이 내게 있었던
은밀한 구조의 영혼을 꿈꾼다

폴 발레리

101

사람의 위대한 일이란

사람의 위대한 일이란

나무통에 우유를 부어 담고

뾰족하고 뻣뻣한 밀 이삭을 따는 일

오리나무 그늘 아래서 암소를 지키고

숲 속에서 자작나무 껍질을 벗기는 일

졸졸 흐르는 시냇가에서 버들잎으로 바구니를 짜는 일

침침한 벽난로와 옴 오른 늙은 고양이와

잠든 티티새와 행복해하는 아이들 곁에서

낡아 빠진 신발을 깁는 일

한밤중 귀뚜라미 소리를 들으며

덜거덕거리며 베를 짜는 일

빵을 만들고 포도주를 담고

텃밭에 배추와 마늘 씨앗을 뿌리는 일

그러고는 따스한 달걀을 거두어들이는 일

프랑시스 잠

102

청바지

청바지를 빨아 널었다
놀기 좋아하는 녀석은 참 좋겠어
주인 따윈 내버려 두고 걸어 나가 버릴 것만 같거든
청바지의 엉덩이가 힘내라고 하잖아
청바지는
강가에 서 있었던 적도
새벽녘 돌계단에 앉아 있었던 적도 있지
감청색을 좋아하는 청바지니까 말이야
마르면
또 데리고 놀러 나가 줄 거야
그 녀석이 아니라
청바지가 말이야
바다든 대초원이든
틀림없이

다카하시 준코

풀잎

한 아이가 두 손 가득 풀을 쥐고 와서 "풀이란 뭐죠?" 하고 물었습니다

내가 어찌 대답할 수 있었겠습니까? 나도 그 아이처럼 그것이 무언지 알지 못했으니까요

아마 그건 희망의 푸른 천으로 짠 내 마음의 깃발이 아닐까요?

아니면 주님의 손수건인지도 모르지요

일부러 떨어뜨린 향기로운 선물이자 징표
한쪽 구석에 자신의 이름을 적어 우리가 그걸 보고 누구의 것인가를 알아볼 수 있도록 만들어 놓은 손수건 말이에요

아니면 풀이란 바로 어린아이가 아닐까요 식물 세계에서 태어난 어린아이 말이에요

월트 휘트먼

• 이 시는 월트 휘트먼의 긴 시 〈풀잎〉의 한 부분이다.

키스

손에 하는 것은 존경의 키스
이마에 하는 것은 우정의 키스
뺨에 하는 것은 감사의 키스
입술에 하는 것은 사랑의 키스
눈꺼풀에 하는 것은 기쁨의 키스
손바닥에 하는 것은 간구의 키스
팔과 목에 하는 것은 욕망의 키스
그 밖에는 모두 미친 짓!

프란츠 그릴파르처

다시 태양을 노래한다

해야
어둠에게
무슨 짓을 했니?
사냥을 했니?
죽여
삼켜 버렸니?

아니면 네 눈부신 두 팔로
껴안아
어딘가에 숨겨 버렸니?

어둠이 적이라
잡아먹는 거니?
아니면 연인?
어둠은 네가 그리워
온밤 내내
그처럼 깜깜한 거니?

그러다 네가 오면
너를, 네 빛을 보고

넋을 잃고 마는 거니?

어쩌면 너희들은
오누이인지도 모르겠구나
너희 어머니가
너희더러 번갈아
세상을 지켜보라고
부탁했는지도

죽지 마
너희는 불멸하지 않니?
나는 너희 둘을 찬미한다

그리고 특히 너
오, 해

수브라마냐 바라티

107

현미경

안톤 레빈후크는 네덜란드인이었다
그는 반짇고리, 옷감 같은 것을 팔았다
손님들은 장사에 무관심한 주인에게 화를 내며 투덜거
렸고
안톤의 가게 물건에는 먼지가 쌓였다
가게를 돌보는 대신 그는
현미경에 쓸 특별한 렌즈를
가는 일에 몰두했다 그가 현미경을
통해 본 것들은 모기의 날개
양의 터럭, 이의 다리
사람과 개와 쥐의 피부
황소의 눈, 거미의 실 빼는 기관
물고기의 비늘, 자신이 흘린 피의
작은 얼룩, 그리고 무엇보다
조그만 물방울 안에서 부산스럽게
헤엄치고 부딪치고 팔짝거리는
이름 모를 벌레들이었다

못 말리겠어! 네덜란드인들은 입을 모아 말했다
안톤 저 사람 완전히 돌았어!

배에 태워 스페인으로 보내 버려야 해!
집파리의 두뇌를 보았다니!
사람들은 그를 "덤코프"라고 불렀다 바보라는 뜻

그 덕분에 우리는 현미경을 가질 수 있었다

맥신 쿠민

• 배에 태워 스페인으로 보내 버려야 해! | 미쳤다는 뜻. 스페인에 정신병자
 수용 시설이 있다는 데서 생긴 관용어.

:: 생각 나누기

수박 | 과일 진열대 위에 놓인 통수박은 부처이고, 먹기 위해 자른 수박은 붉은 입술이 짓는 미소이고, 먹고 나서 뱉은 수박씨는 그 붉은 입안의 이빨이다. 시인은 은유를 사용해 수박의 여러 다른 모습을 재미있게 표현하고 있다. 은유는 독자로 하여금 사물을 새롭게 바라보게 하고 지금까지 모르고 있던 사물의 모습을 새로 발견하게 해 준다.

초원을 만들고 싶으면 | 상상력이 어떤 역할을 하는지를 노래한 시다. 상상력만 있으면 우리는 무엇이든 만들 수 있다. 우리 삶에서 상상력이 얼마나 중요한지 이야기해 보자.

나만의 삶 | 편안하지만 자유롭지 못한 삶과 힘들더라도 자유로운 삶 가운데 어떤 것을 택하겠는가. 타고르의 〈정원사 6〉(48쪽)과 비교하여 읽어 보자.

누가 바람을 보았나요? | 우리 눈에 보이지 않는 것은 존재하지 않는 것일까. 우리가 가 보지 않은 곳은 존재하지 않는 것일까.

섬들 | 세상에는 우리가 아직 가 보지 못한, 우리의 상상력과 호기심을 자극하는 곳이 많이 있다. 여러분은 그런 곳에 가 보고 싶지 않은가.

뉴스거리 | 이 시의 화자는 모형 익룡 제작자의 업적을 찬양하는 것일까, 비판하는 것일까. 화자의 어투에 주목할 필요가 있다. 모형 익룡 제작을 예술이라고 할 수 있는지 생각해 보자. 겉으로 하는 말과 속뜻이 다를 때 우리는 그것을 반어법이라고 부른다. 우리가 일상생

활에서 자주 사용하는 반어법에 대해 이야기해 보자. 하나의 예를 들면, 어떤 어리석은 일을 한 사람에게 "너, 참 똑똑하구나."라고 말하면 그것은 반어법이다.

돌과의 대화 | 주변의 사물들이 정신을 가진 존재라고 생각해 보자. 연필도, 지우개도, 의자도, 시계도, 그리고 창밖의 나무, 바위, 하늘의 구름도 다 살아 있다고 생각해 보자. 그것들이 살아 있다고 생각하면 그것들을 더 관심 있게 보게 되고, 그것들과 대화할 수도 있다는 것을 알게 된다. 그것들이 저마다 자기들의 모습과 성질에 맞게 독특한 삶을 살고 있으리라는 점도 염두에 두자.

비가 내린다 | 시는, 다른 어떤 글보다 말하고자 하는 것을 더 생생하게 체험할 수 있도록 쓴 글이라고 할 수 있다. 시가 비유나 이미지를 많이 사용하는 것은 어떤 경험을 더 구체적으로 지각시키기 위한 것이다. 어떤 시인들은 시를 쓸 때 자신이 말하고 싶은 것을 직접 눈으로 볼 수 있는 그림처럼 보여 주고 싶어 하기도 한다. 글자를 뜻을 전달하는 수단으로만 사용하는 것이 아니라 시각적인 도구로도 사용하는 것이다. 글자로 그림을 그리는 시라고 할 수 있다. 이런 시를 구체시(具體詩)라고 부른다.

비 새는 지붕 몇 주나 바라만 보다 | 비 새는 지붕을 고치는 일은 화자에게 어렵지 않았다. 하지만 그는 몇 주일씩이나 그것을 고치지 않고 바라보기만 했다. 왜 그랬을까. 이 일은 자연에 대한 어떤 태도를 말하는 것일까.

하늘의 무지개 바라보면 | 무지개를 바라보면 가슴이 뛴다는 것은 무엇을 뜻하는 것일까. 왜 나이가 들어가면서 사람들은 자연의 아름다운 순간들에 둔감해지는 것일까. 아름다운 것들에 감동하는 마음을 가지는 것이 우리의 삶에 중요한 이유는 무엇일까. "어린이는

어른의 아버지"라는 말은 잘못된 말처럼 들리지만 거기엔 옳은 생각이 들어 있다. 모순처럼 들리지만 중요한 진리가 들어 있는 말을 역설이라 한다. 어떤 점에서 이 말이 옳은 말일 수 있는지 생각해 보자. 또 역설적 표현에는 어떤 것들이 있는지 이야기해 보자.

무지개의 발 ┃ 무지개가 선 풍경은 무엇을 상징하는 것일까. "남들한테는 보이지만 / 자신은 보지 못하는 행복"이란 어떤 것인지 생각해 보고 우리의 삶에서 어떤 경우가 그것에 해당되는지 찾아보자.

사랑 시 ┃ 사랑을 하게 되면 모든 것이 정다워지고 모든 것이 사랑스러워진다. 사랑은 모든 대상에 확산되는 에너지인 것이다. 사랑하고 있는 사람에게는 아침에 집을 나와 첫 번째로 만나는 전봇대도 사랑스럽게 여겨질 수 있다.

서정시 17 ┃ 이 시는 시가 갖추어야 할 자질을 열거하고 있다. 이러한 글이 시가 될 수 있는 것은 그 내용을 비유와 이미지로 엮어 시적으로 표현하고 있기 때문이다. 다시 말해 이 시는 그 자체로서 시의 자질을 직접 보여 주고 있다. 시인이 비유법으로 열거한 각각의 자질들이 시의 어떤 면을 가리키는지 이야기해 보자. 시가 마술적이어야 한다는 것은 상상력의 세계를 창조할 수 있어야 한다는 것을 뜻할 수 있다. 갈매기처럼 음악적이어야 한다는 것은 시가 갈매기가 날 때의 움직임처럼 리드미컬한 음악성을 가져야 한다는 것을 뜻할 수 있다. 갈매기의 움직임을 소리에 연결시킨 공감각적인 표현에 주목하라.

새를 그리는 법 ┃ 시의 내용을 보면 "새장"을 그리는 법에 대한 이야기인데 제목은 "새를 그리는 법"이다. 이상하다. 하지만 화자가 이야기하고 싶은 것은 새를 잘 그리기 위해 새장을 잘 그리면 된다는 것이다. 노래하는 새, 살아 있는 새를 그리는 일은 불가능하다. 하지만 시인은 화폭에 새장을 잘 그린다면 진짜 새가 날아들 수도 있다고 생각한다. 날아든 새가 떠나지 않고 화폭에 계속 머물러 있게 하기 위해서는 화폭을 새가 머물기 좋은 곳으로 만들어야 할 것이다. 살아 있는 새가 노래 부르고 있는 화폭이야말로 새를 그리는 데 성공한 그림이 아닐까. 예술의 상상력과 노력은 불가능하게 여겨지는 세상을 실현할 수 있도록 만들어 준다. 이 시에서 "새"가 상징하는 것이 무엇인지 생각해 보자. 그리고 갖고 싶어도 쉽게 갖기 힘든 것이 무엇인지, 그리고 그것을 얻을 수 있는 방법이 무엇인지 생각해 보자.

석류 | 무르익어 벌어진 석류에게서 화자가 보는 것은 자기의 파괴, 그리고 그것의 아름다움이다. "빛나는 파열"이라는 말이 그것을 요약하고 있다. 화자는, 석류가 벌어지는 것은 자연의 힘 때문이기도 하지만 석류 안에 자신의 벽을 뚫고 밖으로 나오려는 어떤 정신의 힘이 있기 때문이라고 생각한다. 그는 거기에 자신의 영혼과 닮은 점이 있음을 떠올린다. 화자가 석류를 보고 자기 영혼의 어떤 면을 떠올렸겠는지 생각해 보자.

풀잎 | 아이가 "풀"이 무엇이냐고 묻는 건, "풀"을 몰라서 묻는 것은 아니다. "풀"이라는 이름이 붙어 있는 그것이 왜 이 세상에 있는지, 그것이 무슨 뜻을 가지는 것인지를 묻고 있는 것이다. 순수한 정신을 가진 아이는 이런 근본적인 물음을 던질 수 있다. 이 물음에 답하는 것은 쉬운 일이 아니다. 힘든 질문을 받은 시의 화자는 풀이 가질 수 있는 의미를 여러 가지로 생각해 보고 있다. 화자가 생각해 낸 답은 "내 마음의 깃발", "주님의 손수건", "어린아이" 같은 비유들이다. 풀은 어떤 점에서 그것들에 비유될 수 있는 것일까. "깃발", "손수건", "어린아이" 등이 상징할 수 있는 것이 무엇인지 생각해 보고, 화자와는 다른 비유를 이용하여 풀에 대한 의미를 말해 보자.

3부

가을의 노래

안개

안개가 다가온다
어린 고양이 발걸음처럼

안개는 가만히
웅크리고 앉아
항구와 도시를 바라보다
다시 말없이 움직인다

칼 샌드버그

가을날

주여, 때가 되었습니다 여름은 정말 위대했습니다
해시계에 당신의 그림자를 놓아 주시고
들에 바람을 풀어 주십시오

과일들이 마지막까지 잘 여물도록 명하십시오
그들에게 따가운 햇볕을 이틀만 더 내려 주시고
그들이 무르익도록 재촉하시고
탐스런 포도송이에 진한 단맛이 들게 해 주십시오

지금까지 집이 없는 사람은 더는 집을 짓지 않을 것입니다
지금까지 홀로 있는 사람은 오랫동안 그렇게 살고
깨어 있는 동안 책을 읽고 긴 편지를 쓸 것입니다
그리고 낙엽이 뒹굴면
가로수 길에 나가 사색에 잠겨 이리저리 거닐 것입니다

라이너 마리아 릴케

가을의 노래

가을날
바이올린의
긴 흐느낌
단조롭고
침울하여
내 마음
아프구나

종소리 울리면
가슴이 메어
창백한 얼굴로
지난날
떠올리며
눈물 흘린다

그리고 나는
모진 바람을 타고 떠나간다
이리저리 휘날리는
낙엽처럼

폴 베를렌

연기

호숫가 숲 아래 작은 집
연기가 피어오른다
연기가 없다면
집과 숲과 호수가
얼마나 삭막할까

베르톨트 브레히트

낙엽

시몬, 낙엽 떨어진 숲으로 가자
낙엽은 이끼와 돌과 오솔길을 덮고 있다

시몬, 너는 좋으냐, 낙엽 밟는 소리가

낙엽의 빛깔은 곱고 소리는 나직하다
낙엽은 땅바닥에서 가냘픈 몸으로 뒹군다

시몬, 너는 좋으냐, 낙엽 밟는 소리가

해질 무렵 낙엽은 그토록 애처롭다
바람이 세차게 불면 낙엽은 소리 죽여 울부짖는다

시몬, 너는 좋으냐, 낙엽 밟는 소리가

낙엽을 밟을 때면 낙엽은 마치 영혼처럼 울며
날갯짓 소리와 여인의 옷자락 소리를 낸다

시몬, 너는 좋으냐, 낙엽 밟는 소리가

오라, 우리도 언젠가는 가여운 낙엽이 되려니

오라, 벌써 밤이 내리고 바람이 우리를 실어 가려니

시몬, 너는 좋으냐, 낙엽 밟는 소리가

레미 드 구르몽

가지 않은 길

노란 숲 속 두 갈래 길
나그네 한 몸으로
두 길 다 가 볼 수 없어
아쉬운 마음으로 덤불 속 굽어든 길을
저 멀리 오래도록 바라보았습니다

그러다 다른 길을 택했습니다
두 길 모두 아름다웠지만 풀이 밟히지 않은
길이 더 끌렸던 것일까요
하기야 두 길 모두 사람들의 발길로
엇비슷하게 보이기는 하였지만요

그래도 그날 아침에는 두 길 모두
아무도 밟지 않은 낙엽에 묻혀 있었습니다
아, 뒷날을 위해 한 길을 남겨 두기로 했습니다
하지만 길은 길로 이어지는 법이라
되돌아올 수 없다는 걸 알고 있었지요

먼 훗날 나는 어디선가
한숨지으며 말하겠지요

어느 날 숲에서 두 갈래 길을 만났을 때
사람들이 잘 가지 않은 길을 갔었노라고
그래서 모든 게 달라졌노라고

로버트 프로스트

독毒나무

친구한테 화가 났다
솔직히 말하니 화가 풀렸다
원수한테 화가 났다
잠자코 있으니 화가 자랐다

두려웠지만 그것에 물을 주었다
밤이고 낮이고 눈물을 뿌렸다
다정한 미소와 속임수를
따뜻한 볕처럼 쬐어 주었다

그것은 밤낮으로 자라
빛깔 좋은 열매를 맺었다
원수는 그 열매를 보고
내가 주인인 걸 알아내어

어둠이 세상에 드리웠을 때
내 뜰 안에 슬며시 숨어들었다
아침이 왔을 때 나는 기쁜 마음으로
나무 밑에 뻗은 원수를 보았다

윌리엄 블레이크

비파씨

비파씨를 삼켰다
배 속에 비파나무가
자란다 하여
울며
언제까지고 기다렸지만
비파의 싹은 나지 않았다

다케히사 유메지

• 비파(枇杷) | 장미과의 늘푸른 관목이다. 가지가 굵고 잎의 뒷면과 더불어
연한 황갈색 털이 배게 난다. 열매는 흔히 약용으로 쓰인다.

재버워키

밥짓녁 때 미끈접 설낭이들
젖은덕 둥글게 뚫파내리고
재재새 하나같이 가녀리고
길 잃은 돈동이들 꿍얼거렸네

"아들아, 재버워크를 조심해라!
날카로운 이빨, 할퀴채는 발톱을
꺽꺽새를 조심해, 피하거라,
날폭하고 맹펄한 괴룡수를."

아이는 날팍한 칼 손에 쥐고
무섬뜩 괴수 오래 찾아헤맸네
그러다 팅팅나무 곁에 서서
한참 동안 생각에 잠겼네

짜무락한 생각에 빠져 있는데
재버워크란 놈, 두 눈에 불을 켜고
덤침한 숲새를 슬겅슬겅 헤집으며
웅얼쩍웅얼쩍 나타나지 않았겠나

얍, 얏! 얍, 얏! 이때다 푹! 푹!
날쌔한 칼날 휙쓱휙쓱 휘날렸네
아이는 괴수의 모가지 잘라들고
으쓱달쑥 쌩쌩 집으로 돌아왔네

"네가 재버워크를 죽였구나
이리 온, 내 훤슬한 아들아!
오, 탄사스런 날이다! 카화자!"
아버지는 기뻐 허허껄껄거렸네

밥짓녁 때 미끈접 설냥이들
젖은덕 둥글게 뚫파내리고
재재새 하나같이 가녀리고
길 잃은 돈동이들 꿍얼거렸네

루이스 캐럴

고양이

야옹!   내 핏속에 고양이 한 마리가 산다   녀석은 으르렁거리고 내달리고 상처를 입힌다   녀석은 내 피의 숲 속에 난 대동맥을 따라 흐른다   녀석은 거대하다 하지만 녀석은 사자가 아니다 호랑이도 아니고 재규어도 아니고 표범도 아니고 그저 얼룩 고양이, 고양이 아닌 고양이다 야옹!   녀석은 굶주려 있다 녀석은 제 발톱과 광기로 므리카숲을 뒤집는다 녀석은 으르렁거린다 녀석은 울부짖는다 녀석에게 먹이를 주지 말라 녀석은 고기를 좋아하지 않으니까   맙소사 녀석에게 빵을 주지 말라 녀석은 빵을 좋아하지 않으니까   야옹!

내 핏속에서 싸우고 으르렁거리며 내 심장의 석탄 사이를 뚫고 나아가는 고양이 녀석은 배가 고프다 아주 배가 고프다   야옹!   녀석은 백만의 날 동안, 천 번의 영겁 동안 아무것도 먹지 않았다 녀석은 만족하는 법이 없다 녀석은 무척 배가 고프다 나의 호기심 많은 고양이 끊임없이 더듬는다 기다리라 신이 고양이를 창조했다 나는 그러라고 부탁하지도 않았는데 녀석은 그분을 찾으며 으르렁거린다   녀석은 배가 고프다   녀석에게 살코기를 먹이지 말라 밥을 먹이라 신이 녀석을 창조했다 나는 녀석의 창조

를 원치 않았다 녀석은 신이 언젠가 자기를 길들여 주기를
원한다 세상과 평화롭게 어울려 살 수 있도록

야옹! 녀석은 으르렁거린다   얼마나 많은 신들이 존재
하는가   그 가운데 한 분만이라도 내게 보내서 내 고양
이를 조용하게 만들어 준다면   야옹!   쉬잇 야옹아 쉬
잇   나는 아프리카에 아마존에 리아우에 도시들에 덫을
놓는다   누가 알겠는가 혹시 내가 신 한 분을 붙잡을지
그것도 나쁘지 않을 것이다   당신에게 한 조각 그리고 나
도 한 조각   쉬잇 야옹아 쉬잇   야옹!

수타르지 칼조움 바크리

• 므리카숲 | 인도네시아 므리카(Mrica) 지역의 숲.

돌멩이

돌멩이는
완전한 피조물이다

본분에 충실하고
자신의 한계를 잊지 않는다

오로지 돌의 본질로
가득 차 있으며

아무것도 연상시키지 않고 아무것도 겁주지 않고
아무런 욕망도 일으키지 않는 향기뿐

돌의 열정과 냉정은
정당하며 위엄으로 가득하다

돌멩이를 손에 쥐었을 때
거짓 온기가
그 고결한 몸뚱이에 스며들면
나는 무거운 죄책감에 사로잡힌다
　　　돌멩이는 길들여지지 않는다

돌멩이는 침착하고 분명한 눈길로
끝까지 우리를 바라볼 것이다

즈비그니에프 헤르베르트

생각 -여우

한밤중 이 순간을 숲 속이라 상상해 본다
외로운 탁상시계와
백지 위를 움직이는 내 손가락
그것 말고도 살아 있는 무엇이 있다

창밖엔 별 하나 보이지 않는다
무엇인가 가까이
하지만 어둠 속 깊은 곳에서
이 외로움 속으로 들어오고 있다

어둠 속 눈(雪)처럼 차갑고 예민한
여우의 코가 가지와 잎을 건드린다
두 눈이 움직임을 이끌면서, 여기,
여기, 또 여기, 또 여기

나무들 사이 눈밭에
또렷한 자국을 남긴다 조심스레
절름거리는 그림자 하나, 그루터기 옆
공터에서 대담하게 몸을 드러낸다

빈터를 가로질러, 하나의 눈〔目〕이
넓어지고 깊어지는 하나의 푸름이
빛을 발하며 골똘하게
자신의 작업에 뛰어든다

돌연 훅 하고 싸한 여우 냄새를 풍기며
내 머릿속 어두운 구멍으로 들어온다
창밖엔 여전히 별이 없고 시계는 째깍거린다
백지는 글로 채워졌다

테드 휴즈

나는 당신의 마음을 지니고 다닙니다

나는 당신의 마음을 지니고 다닙니다 (내 마음
속에 지니고 다닙니다) 그러지 않은 적이 없습니다
(내가 가는 곳이 어디든, 그대여, 당신도 갑니다 나
홀로 하는 일도 모두 당신이 하는 일입니다, 님이여)

나는
운명이 두렵지 않습니다 (당신이 내 운명이기에) 나는
세계가 필요치 않습니다 (어여쁜 당신이 내 세계이기에)
달이 늘 의미해 왔던 것이 바로 당신이요
해가 늘 부르게 될 노래가 바로 당신입니다

여기에 아무도 모르는 가장 깊은 비밀이 있고
(여기에 생명이라는 나무의 뿌리의 뿌리와
싹의 싹과 하늘의 하늘이 있고 그것은 영혼이
바라는 만큼 마음이 숨지 못할 만큼 높이 자랍니다)
이것이 별들을 서로 떨어져 있게 하는 경이(驚異)입니다

나는 당신의 마음을 지니고 다닙니다 (내 마음속에 지니고
다닙니다)

E. E. 커밍스

134

하늘의 천

내게 금빛과 은빛으로 짠
하늘의 천이 있다면
밤과 낮과 황혼으로 수놓은
검고 푸르고 희뿌연 천이 있다면
당신의 발밑에 깔아 드리련만
가난한 내가 가진 건 꿈뿐이라
그 꿈을 당신 발밑에 깔았어요
사뿐히 밟아요, 당신이 밟는 건 내 꿈이니

윌리엄 버틀러 예이츠

길가에 혼자 뒹구는 저 작은 돌

길가에 혼자 뒹구는 저 작은 돌
얼마나 행복할까요
세상 출세일랑 아랑곳없고
급한 일 일어날까 걱정도 없어요
어느 우주가 지나가다
자연의 갈색 옷을 입혀 줬고요
나 홀로 빛나는 태양처럼
아무한테도 의지하지 않고
꾸미지 않고 소박하게 살면서
하늘의 뜻을 오롯이 따르네요

에밀리 디킨슨

애타는 마음 하나 달랠 수 있다면

애타는 마음 하나 달랠 수 있다면
사는 일 결코 헛되지 않을 거예요
한 생명의 아픔을 덜어 주거나
괴로움 하나 덜어 줄 수 있다면
헐떡이는 작은 새 한 마리
둥지에 다시 넣어 줄 수 있다면
사는 일 결코 헛되지 않을 거예요

에밀리 디킨슨

사건

언젠가 볼티모어에 가서
신나게 구경을 다니다가
어떤 볼티모어 아이를 만났는데
저를 뚫어져라 쳐다보더군요

전 여덟 살 꼬마였어요
그 애 역시 저보다 크지 않았고요
슬쩍 웃어 보였더니 아이가 혀를
널름 내밀고 저더러 "깜둥아" 하더군요

오월부터 십이월까지
볼티모어 곳곳을 구경했어요
그런데 그곳에서 있었던 일 가운데
기억나는 건 딱 하나 그것뿐이에요

카운티 컬린

도정

내 앞에 길은 없다
내 뒤에 길은 있다
아, 자연이여
아버지여
나를 홀로 서게 한 광활한 아버지
내게서 눈을 떼지 말고 지켜 주소서
언제나 아버지의 기백이 내게 넘치게 하소서
이 머나먼 도정을 위하여
이 머나먼 도정을 위하여

다카무라 고타로

• 도정(道程) | 거쳐 가는 일이나 과정.

사막

이 사막에서
그는
너무 외로워
이따금
뒤로 걸었다
눈앞에 찍힌 발자국을 보려고

오르텅스 블루

손

꼬옥
쥐고 있던 손을
펴 보았다

펴 보았지만
아무것도
없었다

꼬옥
손을 쥐게 한 것은
외로움이다

그것을 다시
펴게 한 것도
외로움이다

야마무라 보쵸

시

그러니까 그 나이였다…… 시가
나를 찾아온 게 그것이 어디에서 왔는지
모른다, 겨울에서 왔는지 강에서 왔는지
언제 어떻게 왔는지 모른다
그것들은 목소리도 아니었고 언어도
아니었고 침묵도 아니었다
하지만 길거리에서 나를 불렀다
밤의 가지에서
갑자기 다른 것들로부터
맹렬한 불길 속에서
아니면 홀로 돌아오는 길에
얼굴도 없는
나를 건드렸던가

나는 무슨 말을 해야 할지 몰랐다, 내 입은
이름을 말할 수
없었고
눈은 멀었는데
무언가가 내 영혼 속에서 꿈틀거렸다
열병인지 망각의 날개인지

그래서 나는 내 방식대로 써 보았다

그 불을

해독하면서

어렴풋이 첫 행을 썼다

어렴풋한, 내용 없는, 순수한

난센스

아무것도 모르는 사람의

순수한 지혜

그러다 나는 문득 보았다

풀리고

열린

하늘을

유성들을

고동치는 대지를

화살과 불과 꽃으로

벌집처럼

구멍 난 그림자를

굽이치는 밤을, 우주를

그리고 아주 작은 존재인 나는

별빛 가득한
거대한 공간과
신비의
이미지에 취해
나 자신이 그 심연의
일부임을 느끼며
별들과 함께 빙빙 돌았고
내 가슴은 바람결에 풀어졌다

파블로 네루다

화살과 노래

화살 하나 공중에 쏘았네
땅에 떨어졌으련만, 어딘지 알 수 없어라
너무도 빨리 날아가는 화살을
눈으로 좇아갈 수 없었네

노래 하나 공중에 띄워 보냈네
땅에 떨어졌으련만, 어딘지 알 수 없어라
어느 눈이 그처럼 날카롭고 강하여
날아가는 노래를 좇아갈 수 있으랴

오랜 뒷날 한 참나무에
아직도 성하게 박혀 있는 화살을 보았네
노래 역시 처음부터 끝까지
벗의 마음 한가운데 그대로 남아 있었네

헨리 워즈워스 롱펠로

145

엄마와 딸

엄마, 나 옷 좀 털어 줘
밖에 나갈 거야
어딜 가려구, 애야?
애인 만나러

애인이 누군데, 애야?
돌아서 봐라―뒤를 털자꾸나
그 청년 알잖아, 엄마
잊을 수가 없어

애야, 예전에―
옆도 좀 털자
네 아빠 말이야 그래, 네 아빠도 그랬지
나도 네 아빠한테 그런 마음이었어

하지만 옛날 얘기지
나를 두고 훌쩍 떠나 버렸단다
그 망할 놈의 바람둥이 청년
지금쯤 지옥에서 썩고나 있으면 좋겠어

엄마, 아빠가 왜 지금도 청년이겠어요
아빠도 전엔 젊었어
젊었지, 그러니까 그 사람이—
뒤돌아 봐라!
등 좀 털게스리, 자!

랭스턴 휴즈

식당

우리 집 식당에는 빛바랜 장롱이 하나 있다
장롱은
나의 대고모들 목소리도 들었고
나의 할아버지 목소리도 들었고
나의 아버지 목소리도 들었다
언제나 추억에 잠긴 장롱
그가 아무 말도 할 줄 모른다고 생각하면 잘못이다
나와 이야기를 나누고 있으니까

나무로 된 뻐꾸기시계도 있다
왜 더는 울지 않는지 모르지만
그 까닭을 묻고 싶지 않다
태엽 속 그 소리도
돌아가신 어른들의 목소리처럼
그저 바스러져 버렸을 거야

밀랍 냄새와 잼 냄새, 고기 냄새와 빵 냄새
그리고 익은 배 냄새를 풍기는
오래된 찬장도 있다
찬장은

우리한테서 아무것도 훔치지 말아야 한다는 걸
알고 있는 충직한 하인이다

우리 집에 많은 남자와 여자가 왔지만
아무도 이 작은 영혼들을 믿지 않았다
우리 집에 놀러 온 사람들이
나 혼자 산다는 듯
"잘 지냈어요, 잠?"이라고
말하며 들어설 때면
나는 그저 빙긋이 웃는다

프랑시스 잠

아프리카

아프리카, 나의 아프리카여
대대로 살아온 대초원에서 늠름하게 싸우던 전사들의
아프리카여
내 할머니가 머나먼 강가 둑에 앉아
노래 부르던 아프리카
나는 그대를 알지 못하지만
내 핏줄 속에 그대의 피가 흐른다
밭을 적시는 그대의 아름다운 검은 피
그 피는 땀의 피
그 땀은 노역의 땀
그 노역은 노예의 삶
아프리카여, 말해 다오, 아프리카여
저것이 굽힐 줄 모르는 그대의 등인가
굴욕의 무게에도 꺾일 줄 모르는,
붉은 흉터들로 몸을 떨면서도
한낮에 내리치는 채찍에도 굴복하지 않는 저 등이?
엄숙한 목소리가 대답한다
성급한 아이야, 저 나무, 저기 서 있는
젊고 강한 저 나무가
창백하게 시든 꽃들 사이에 홀로 눈부시게 서 있는

저 나무가 새롭게 태어나는 너의 아프리카란다

끈기 있게, 고집스럽게 자라는

열매에 조금씩

자유의 쓰라린 맛이 배어드는 저 나무가

다비드 디오프

어느 책 읽는 노동자의 의문

누가 성문이 일곱 개인 테베를 세웠는가?
책에는 왕들의 이름이 적혀 있다
왕들이 바윗덩어리를 끌고 왔는가?
그리고 수없이 파괴된 바빌론을
누가 그렇게 수없이 다시 세웠는가?
건축공들은 금빛 찬란한 리마의 어떤 집에서 살았는가?
만리장성을 다 쌓았던 그날 밤
벽돌공들은 어디로 갔는가?
위대한 로마는 개선문으로 가득하다
누가 그것을 세웠는가?
황제는 누구를 위하여 개선했는가?
수없이 찬양받은 비잔티움에는 시민을 위한 궁전이 있
는가?
아틀란티스 신화에서
대서양이 그 섬을 삼켜 버리던 날 밤
물에 빠져 죽어 가는 사람들은 자신들의 노예들을 찾으
려 울부짖었다
젊은 알렉산더는 인도를 정복했다
그 혼자서 했는가?
카이사르는 갈리아를 쳐부쉈다

그는 적어도 요리사 하나쯤은 두지 않았을까?
스페인의 필립 왕은 자신의 무적함대가 침몰할 때 울었다
그 말고 운 사람은 없을까?
프리드리히 2세는 칠년전쟁에서 이겼다
그 말고 이긴 사람이 있을까?
책장마다 승리한 이야기가 나온다
누가 승리의 향연을 위하여 요리를 했던가?
십 년마다 영웅이 나온다
누가 그 비용을 치렀던가?

그 많은 보고들
그 많은 의문들

베르톨트 브레히트

우체국

우체국은 항구나 정거장처럼
인생의 먼 여정을 떠올리게 하는
슬픈 향수(鄕愁)와 같은 존재다
직원은 분주하게 스탬프를 찍고
사람들은 창구 앞에 무리 지어 있다
그중에서도 특히 일급의 적금통장을 손에 든
가난한 여공들이 서로 밀치며 줄을 서고 있다
어떤 이는 환전을 하고
어떤 이는 먼 나라에 슬픈 전보를 친다
언제나 그렇듯 군중에 떠밀려 허둥지둥 분주하게
하지만 슬픈 우체국이여
나는 그곳에서 편지를 쓰고
그곳에서 인생의 향수를 느끼는 것을 좋아한다
시골의 촌스러운 아낙네는 옆 사람한테
편지의 대필을 부탁한다
가난한 시골 마을에서 고독하게 살고 있는 딸한테
가을 외투와 속옷을 소포로 보냈다는 편지다
우체국! 나는 그곳에서 향수를 느끼는 것을 좋아한다
생활의 비애를 감싼 채
어둑한 벽 한구석에서 고향으로 편지를 쓰고 있는 젊은

여인네여!

연필심도 부러지고 글자도 눈물에 얼룩지고 흩어져 있다

지금의 삶에서 젊은 딸들이 무엇을 괴로워하는 것일까?

우리도 그들과 같이 절망에 사로잡혀 다 떨어진 구두를 신고

삶의 항구를 방랑한다

영원히, 영원히, 우리의 집 없는 영혼은 얼어 있다

우체국은 항구나 정거장처럼

인생의 먼 여정을 떠올리게 하는

영혼의 영원한 향수다

하기와라 사쿠타로

• 일급(日給) | 하루 단위로 주는 품삯.

전화 통화

값은 적당한 것 같고 위치는 상관없다
여주인은 다른 동네에서 산다고 했다
이제 남은 건 스스로 고백하는 것뿐
나는 미리 말했다
"부인, 헛걸음하고 싶지 않아 미리 말하는데, 전 아프리
카 사람입니다."
침묵, 말없이 전해 오는 교양 있는 사람의 인내심
입을 연 목소리는 립스틱을 덕지덕지 바르고
금박 테를 두른 긴 담뱃대를 빠는 소리 같았다
나는 재수가 더럽게 없었다
"얼마나 까맣죠?"
잘못 들은 게 아니었다
"살짝 까만가요, 아니면 아주 까만가요?" 버튼 A, 버튼 B
공중전화에 숨어 말하는 자의 썩은 숨 냄새
붉은 전화박스, 붉은 우체통, 아스팔트 위를 달리는 붉은
이층 버스
진짜였다!
난 대답을 못했고 예의를 벗어난 그 침묵이 창피했다
기가 막혔다 하지만 어쩔 수 없이
상대가 묻는 뜻을 헤아릴 수밖에 없었다

그녀는 사려 깊게도 강조할 곳은 힘주어 물었다

"살짝 까만가요, 아니면 아주 까만가요?" 무슨 말인지 알 겠다

"그러니까 보통 초콜릿 색깔인지, 밀크 초콜릿 색깔인지 묻는 거죠?"

그녀는 조금 무심한 태도로 바뀌면서 냉담하게 동의한다

나는 얼른 주파수를 맞춰 말을 골랐다

"서아프리카 오징어 색깔입니다." 그러고는 다시 덧붙여 말한다

"여기 내 여권에는 말입니다."

분광기 상상을 펴기 위한 침묵. 이윽고 솔직함이 담긴 그녀의 목소리가 전화기를 타고 쩌렁쩌렁 울려 댄다

"그게 뭐죠? 그게 뭔지 모르겠군요."

"가무잡잡하다는 것이죠."

"까맣다는 말이죠?"

"다 그렇진 않습니다. 얼굴은 가무잡잡하지요.

하지만 부인, 다른 곳도 마저 보셔야죠.

손바닥이랑 발바닥은 표백한 것처럼 하얗답니다.

그런데 부인, 엉덩이는 미련하게도 앉을 때마다 마찰이 일어나

까마귀처럼 까맣게 되었습니다. 잠깐만요, 부인!"
그녀가 수화기를 내려놓는 소리가 우레처럼 귓전을 때
린다
나는 간청했다
"부인, 그보다는 직접 보시는 게 어떨까요?"

월레 소잉카

• 분광기 상상 | 피부 빛깔을 분광기로 측정해 보듯 세밀하게 상상해 보는 것. 분
광기(分光器)란 빛의 스펙트럼을 측정하는 기구다.

차이

오래 나는 새는
가지 위에 앉아
지친 날개를 접고 싶어 한다

처음 나는 새는
멀리 둥지를 떠나
날개의 힘을 재고 싶어 한다

레쉬엔

여유

그게 무슨 인생이겠는가, 근심만 가득하고
멈춰 서서 바라볼 시간이 없다면

양이나 젖소처럼 나뭇가지 아래 서서
물끄러미 바라볼 시간이 없다면

숲을 지나면서 다람쥐가 풀밭에
도토리를 숨기는 걸 볼 시간이 없다면

한낮에도 밤하늘처럼 별이 가득 찬
시냇물을 바라볼 시간이 없다면

미인의 눈길을 받고도 발길을 돌려
그 아리따운 발걸음을 바라볼 시간이 없다면

눈가에서 입가로 곱게 번지는
그 미소를 기다릴 시간이 없다면

참 딱한 인생 아니랴, 근심만 가득하고
멈춰 서서 바라볼 시간이 없다면

윌리엄 헨리 데이비즈

160

안개 | 사물의 특성을 실감 나게 표현하는 방법 가운데 하나는 그것이 생명을 가진 것처럼 묘사하는 것이다. 이 시는 안개의 움직임을 고양이의 움직임에 비유하고 있다. 어떤 점에서 그 비유가 적절한지 이야기해 보자. 일상 언어에도 무생물을 생물처럼 표현하고 있는 말들이 많다. 예를 들면 "봄이 왔다." "여름이 갔다" 같은 표현이 그렇다. 그와 비슷한 다른 말들도 찾아보자.

가을날 | 계절과 자연의 순환은 우리의 삶에 어떤 의미를 가지는 것일까. 사람의 삶에도 계절이 있는 것일까. 있다면 각 계절에 대응되는 삶의 단계는 무엇일까. 마지막 연에서 "지금까지 집이 없는 사람은 더는 집을 짓지 않을 것"이라는 말은 무엇을 뜻하는 것일까. 집을 짓는다는 것은 우리 삶에서 어떤 의미인지 생각해 보자.

가지 않은 길 | 이 시는 '인생은 여행'이라는 비유에 바탕을 두고 있다. 이 시에서 사용되는 여러 가지 은유는 인생이라는 여행의 어떤 과정과 대응을 이루고 있는지 생각해 보자. 이 시는 인생에서 선택이 중요하다고 말하고 있는 것 같기도 하고, 선택을 해 놓고 나중에 후회하는 태도를 못마땅하게 여기고 있는 것 같기도 하다. 이 두 가지 가능성에 대해 모두 이야기해 보자.

독(毒)나무 | 화를 억누르고 있는 것이 반드시 좋은 게 아니고 오히려 해로울 수 있다는 이야기를 하고 있다. 화를 품고 있는 사람은 위선적이고 비열하고 잔인해질 수 있다. 어떤 비유들이 어떻게 사용되고 있는지 이야기해 보자. 악덕한 심성을 가진 화자를 내세우고 있는 셈이 특이하다. 하지만 이러한 심성은 누구에게나 어느 정도씩 숨어 있을 수 있다.

재버워키 | 오타투성이인 글이 아니다. 〈이상한 나라의 앨리스〉
에서 앨리스가 이상한 나라에서 듣게 되는 이상한 시다. 처음 들어보
는 낯선 단어들로 가득 차 있지만 내용을 이해하는 데 큰 문제가 없
고 낯선 단어들이 오히려 재미있게 느껴진다. 대부분의 시는 어떤 메
시지를 전달하려고 하지만 이 시는 내용보다 형식을 내세워 재미를 주
고 있다. 어떤 느낌이나 상황을 잘 표현해 줄 수 있는 새로운 단어들을
만들어 내 보자. 또 새로운 단어들이 아니더라도 내용보다 형식(소리)
을 내세워 재미를 줄 수 있는 말을 지어내 보자. 대표적인 예는 "뜰의
콩깍지는 깐 콩깍지인가 안 깐 콩깍지인가."와 같은 말장난이다.

고양이 | 이 시의 "고양이"는 화자의 핏속에 들어 있는 어떤 것에
대한 은유다. 보통의 고양이는 아니고 고양잇과에 속하는 어떤 가상
의 동물이다. "피"는 화자의 정신 혹은 영혼에 대한 비유다. 화자가 자
신의 영혼 속에 있는 어떤 욕망을 고양이에 비유하고 있는지, 왜 그것
에 비유하고 있는지 생각해 보자. 고양이가 오랫동안 아무것도 먹지
않았다는 것, 그리고 배가 고프다는 것은 무엇을 의미하는지 생각해
보자.

돌멩이 | 돌멩이의 어떤 속성을 어떤 비유로 기술하는지 살펴보
자. 화자는 오직 자신의 본질로써만 존재하는 돌멩이에 경탄을 느끼
고 자신의 "거짓 온기"로 돌멩이의 순수성을 침해한 행동에 "죄책감"
을 느낀다. 이 시를 쉼보르스카의 〈양파〉(26쪽), 〈돌과의 대화〉(82쪽)
와 비교해서 읽어 보자.

생각 | 생각의 과정을 여우의 움직임에 비유한 시다. 한밤중 시인
의 머릿속에 시상(詩想)이 떠오르는 과정을 어두운 숲 속에서 여우가
먹잇감을 향해 다가가는 과정에 비유하고 있다. 시를 짓는 과정이 어
떻게 한밤의 숲과 여우의 움직임에 관련된 구체적인 감각 영상으로
표현되는지 살펴보자.

나는 당신의 마음을 지니고 다닙니다 | 화자가 사랑하는 사람의 마음을 지니고 다닌다는 것은 두 사람의 마음이 늘 하나라는 뜻이다. 화자는 사랑하는 사람을 자신의 "운명"과 "세계"라고 말하고 있다. 그 의미를 설명해 보자. "달"과 "해"는 여러 가지를 암시할 수 있다. 밤과 낮, 음과 양, 상상과 이성 등. 이 시의 맥락에서는 어떤 것을 상징할 수 있는지 생각해 보자. "생명이라는 나무"가 자라는 "여기"라는 곳은 어디일까. "별들을 서로 떨어져 있게" 한다는 것은 우주를 질서 있는 상태로 만들어 준다는 뜻일 수 있는데, 사랑의 "경이"가 어떻게 우주의 신비로운 질서를 만들어 낼 수 있다는 것인지 이야기해 보자.

시 | 시를 처음 알게 되었을 때의 감동을 적은 시이다. 화자는 그 감동을 우주를 새롭게 발견했을 때의 느낌에 빗대어 말하고 있다. 시의 세계는 어떤 점에서 신비에 가득 찬 우주 공간과 비슷한 것일까. 마지막 부분에서 별들과 함께 빙빙 돌면서 가슴이 바람결에 풀어졌다는 것은 어떤 기분과 느낌을 표현한 것일까.

우체국 | 우체국과 항구와 정거장의 공통점은 무엇인가. 이 장소들은 "인생의 먼 여정"이라는 말과 어떤 관계를 가질까. 우체국은 우리 삶의 어떤 면을 상징하는 곳일까. '향수'는 어떤 때 느끼는 감정일까.

전화 통화 | 피부 색깔이 집을 구하는 조건이 되는 잔인한 현실을 잘 보여 주고 있다. 하나의 사건을 기술한 이야기가 어떻게 한 편의 시가 될 수 있는지 이야기해 보자.

차이 | 이 시에서 '새'와 '새가 나는 일'은 많은 것을 상징한다. 예를 들면, 하나의 새는 세상을 오래 산 나이 든 사람을, 또 하나의 새는 세상을 많이 살지 않은 젊은 사람을 비유할 수 있다. 그 밖의 다른 예들도 찾아보자.

4부

눈 오는 저녁
숲가에 서서

굴뚝 청소부

어머니가 돌아가셨을 때 전 아주 어렸습니다
아버지는 아직 — 뚝! — 뚝! 하는 소리도
제대로 외치지 못하는 저를 팔아 버렸습니다
그래서 전 굴뚝 청소를 하고 검댕 속에서 자야 합니다

톰이라는 꼬마는 양털 같은 곱슬머리가 잘려 나가자
슬피 울었습니다 그래서 제가 말했죠
"울지 마, 톰! 신경 쓸 거 없어. 머리칼이 없으면
네 하얀 머리칼이 검댕에 더럽혀질 일도 없잖아."

그러자 톰은 울음을 그쳤습니다 바로 그날 밤
톰은 잠을 자다 꿈에서 놀라운 광경을 보았습니다!
수많은 굴뚝 청소부 아이들과 딕이랑 조랑 네드랑 잭이
모두 검은 관 속에 갇혀 있는 게 아니겠습니까

그런데 천사가 반짝이는 열쇠를 들고 찾아와
관 뚜껑을 열고 아이들을 모두 꺼내 주었지요
아이들이 푸른 들판을 깔깔거리며 팔짝팔짝 달려가
강물에 몸을 씻자 다들 햇빛 속에서 환히 빛났습니다

아이들은 발가벗은 흰 몸으로 청소 가방을 팽개친 채
구름 위로 올라가 바람을 타고 놀았습니다
천사가 톰에게 말했습니다 착한 아이가 되면
하나님이 아버지가 돼 줄 테니 언제나 기쁨이 넘칠 거라고

그러다 톰은 잠에서 깼고, 우리도 어둠 속에서 일어나
가방과 솔을 챙겨 일터로 향했습니다
아침 공기는 차가웠지만 톰의 마음만큼은 따듯했습니다
모두 자기가 맡은 일 잘하면 걱정할 것이 없을 것입니다

윌리엄 블레이크

그 겨울의 일요일들

아버지는 일요일에도 일찍 일어나
검푸른 추위 속에 옷을 입고
날마다 모진 날씨에 일하느라
갈라져 쑤시는 손으로
재 속에서 불씨를 찾아 살려 놓았다
하지만 아무도 고마워하지 않았다

잠에서 깨면 추위가 바스러지는 소리가 들렸다
방이 따뜻해진 뒤에야 아버지는 우리를 부르셨고
그제야 나는 느릿느릿 일어나 옷을 주워 입고
오랜 시간 쌓인 집안의 분노가 두려워

아버지에게 건성으로 말을 건네곤 했다
추위를 녹여 주고 내 신발까지
닦아 놓은 아버지에게 말이다
내가 그때 어찌, 어찌 알았을 것인가
사랑의 엄숙하고 외로운 사명을

로버트 헤이든

늙은 어미의 노래

새벽에 일어나 쭈그려 앉아
불길이 일 때까지 불씨를 불어 댄다
그러고는 쓸고 닦고 밥을 짓는다
별들이 깜박이며 고개를 내밀 때까지
젊은 것들은 침대에 누워 꿈을 꾼다
가슴과 머리에 무슨 리본을 맬까
그것들은 하루 종일 빈둥거리며
바람결에 머리칼만 날려도 마음이 설렌다
그렇지만 늙은 이 몸은 일해야 한다
불씨가 가물가물 차갑게 식어 간다

윌리엄 버틀러 예이츠

169

비탄

애들아 들어라
아버진 돌아가셨다
아버지 외투로
너희들 윗도리를 만들어 주마
아버지 바지로는
너희들 바지를 만들어 줄게
그 양반 호주머니에
늘 넣고 다니던 것들이 있을 게다
담뱃가루 묻은
열쇠나 동전 같은 것 말이다
댄에겐 동전을 줄 테니
저금통에 넣고
앤에겐 열쇠를 줄 테니
가지고 놀려무나
죽은 사람은 잊고
산 사람은 살아야 하지 않겠니
가까운 사람들이 죽어도
산 사람은 살아야 하지 않겠어
앤, 아침 먹어라
댄, 약을 먹어야지

산 사람은 살아야 하지 않겠니
내 그 까닭은 잊었다만

에드나 세인트 빈센트 밀레이

눈 오는 저녁 숲가에 서서

이 숲이 누구네 숲인지 알 듯하다
하나 그의 집은 마을에 있지
그인 모르리라 내가 여기 서서
자기 숲에 눈 쌓이는 모습을 지켜보는 걸

내 조랑말은 이상하게 여기리라
일 년 중 가장 깜깜한 저녁
숲과 얼어붙은 호수 사이
집도 없는 곳에서 멈춰 선 나를

뭐가 잘못됐느냐고 묻기라도 하듯
조랑말은 방울을 흔들어 댄다
그 밖엔 스쳐 지나는 바람 소리
부드럽게 내리는 눈송이뿐

숲은 아름답고 어둡고 깊다
하지만 난 지켜야 할 약속이 있고
잠들기 전에 갈 길이 멀다
잠들기 전에 갈 길이 멀다

로버트 프로스트

메시지

누군가 열었던 문
누군가 다시 닫은 문
누군가 앉았던 의자
누군가 쓰다듬었던 고양이
누군가 한 입 먹은 과일
누군가 읽은 편지
누군가 넘어뜨린 의자
누군가 열어 놓은 문
누군가 또 달리고 있는 길
누군가 가로질러 가는 숲
누군가 몸을 던지는 강물
누군가 죽은 병원

자크 프레베르

지친 타조

무슨 재미로 타조를 기르는가
동물원 네 평 반의 진창 안에서 살기에는
다리가 너무 굵지 않은가
목이 너무 길지 않은가
눈 내리는 고장에 살기에는 날개 힘이 너무 없지 않은가
배고픈 탓에 굳어 버린 빵이라도 먹을 법한데
타조의 눈은 먼 곳만을 향하고 있지 않은가
몸도 세상모르고 불타고 있지 않은가
보랏빛 바람이 지금이라도 불어오기를 기다리고 있지
않은가
작고 소박한 머리가 끝없는 꿈으로 솟아오르고 있지 않
은가
이것은 이미 타조가 아니지 않은가
인간이여,
그만둬라, 이런 짓은

다카무라 고타로

벽에 걸린 시계

도시가 무너졌다
시계는 아직 벽에 걸려 있다
이웃이 무너졌다
시계는 아직 벽에 걸려 있다
거리가 무너졌다
시계는 아직 벽에 걸려 있다
광장이 무너졌다
시계는 아직 벽에 걸려 있다
집이 무너졌다
시계는 아직 벽에 걸려 있다
벽이 무너졌다
시계는 그래도 계속
째깍거린다

사미흐 알카심

너무 작은 마음

조그만 바람이 말했어
나는 자라서
숲을 잠재우고
추워하는 사람들한테
나무를 가져다줄 거야

조그만 바람이 말했어
나는 자라서
배고픈 사람들을
먹여 살릴 거야

그 뒤로
아무것도 아닌 것 같은
지나가는 비가 와서
바람을 쓰러뜨리고
빵을 적시는 바람에
모든 게 옛날 그대로였어
가난한 사람들은 여전히
춥고 배고팠지

하지만 나는 그걸 믿지 않아
만일 빵이 모자라고 날이 춥다면
그것은 비의 잘못이 아니라
등에 혹이 하나밖에 없는 낙타처럼
사람들의 마음이 너무너무 작기 때문이야

장 루슬로

그가 죽인 사람

어느 허름한 옛 주막에서
그와 내가 만났더라면
우리는 마주 앉아
술잔을 여러 번 기울였을 것이다

하지만 군인이 되어
서로 마주 노려보며
그는 나를 쏘고
나는 그를 쏘아 죽였다

내가 그를 쏴 죽인 것은
그가 내 적이었기 때문
그렇지, 물론 내 적이었지
그것은 뻔한 일, 하지만

그도 나처럼 불쑥
군대나 가 볼까 생각했겠지
실직도 했겠다, 살림살인 팔았겠다
다른 이유는 없었을 거야

그래, 전쟁이란 참 이상해
서로 사람을 쏘아 죽이지
술집에서 만나면 술도 사고
푼돈이라도 쥐어 줄 사람을

토머스 하디

마왕

늦은 밤 누가 이렇게 바람을 뚫고 말을 달리는가?
아들을 안고 가는 아버지구나
아버지는 아들을 따듯한 품에 안은 채
팔로 꼭 붙들고 달려간다

"아들아, 뭐가 두려워 그렇게 겁에 질렸느냐?"

"아버지, 마왕이 안 보여요?
왕관을 쓰고 긴 옷자락 끌며 오는 마왕이 보이잖아요."

"아들아, 그건 안개가 피어오르는 거란다."

사랑하는 아가야, 이리 오너라, 나와 함께 가자!
꽃향기 가득한 바닷가에서
난 너하고 정말 재미있게 놀고 싶어
우리 엄마는 금빛 찬란한 옷을 많이 가지고 있지

"아버지, 아버지, 들리지 않으세요?
마왕이 저한테 뭔가를 약속하잖아요."

"조용히 해라, 가만히 있거라, 아들아!
그건 바람이 마른 잎을 흔드는 소리란다."

귀여운 아가야, 나와 함께 가고 싶지?
내 딸들이 전부터 널 기다리고 있지
밤마다 손잡고 둥글게 돌면서
너를 위해 춤추고 노래 부르며
너를 안고 얼러 잠재워 줄 거야

"아버지, 아버지, 저기 아무것도 안 보여요?
저기 어스름한 곳에 마왕의 딸들이 서 있잖아요?"

"아들아, 아들아, 똑바로 보고 있다.
그것은 고목 버들가지가 그렇게 보이는 거란다."

난 널 사랑해, 아름다운 네 모습에 반했어
네가 순순히 가지 않으면 강제로 데려갈 거야

"아버지, 아버지, 그가 지금 막 나를 잡으려 해요!"

아버지는 두려워 쏜살같이 말을 달린다
신음하는 아들을 팔에 안은 채
가까스로 마당에 다다르고 보니
팔에 안겨 있던 아들은 죽어 있었다

요한 볼프강 폰 괴테

화장 火葬

그들은 당신을 비좁은 관 속에 가두고
쾅쾅 못질을 했다
하고많은 사연 빼곡히 담긴 편지를
누렇고 거친 봉투에 집어넣듯

빨간 우체통에 던져 넣은 편지 한 통처럼
그들은 당신을 화장터 뜨거운 불구덩이에 쑤셔 넣었다

…… 정녕 그것은
우표를 붙이고 스탬프를 쾅 찍어
멀고 먼 어느 나라로 띄우는 편지 같은 것

지센

183

두 번은 없다

두 번은 없다
참으로 유감스러운 일이지만
우리는 누구나 준비 없이 와서
연습도 못하고 살다 떠난다

세상에 나 같은 바보가 없다 해도
세상에서 내가 가장 바보라 해도
여름이나 겨울 학기 재수강은 없다
이 과목은 딱 한 번만 개설되니까

어제와 똑같은 오늘은 없다
환희로 가득 찼던 밤이
똑같은 방식, 똑같은 입맞춤으로
두 번 되풀이되지 않는다

어느 날 어떤 한가로운 목소리가
우연히 당신의 이름을 불렀을 때
나는 향기 진동하는 장미 한 송이가
방 안에 던져진 듯한 느낌을 받는다

다음 날 당신과 함께 있을 때
나는 시계를 보지 않을 수 없다
장미? 장미라고? 그게 어쨌단 말인가?
그게 꽃인가, 돌인가?

왜 우리는 덧없이 흘러가는 날을
쓸데없는 불안과 슬픔의 눈으로 보려는 걸까?
시간이란 한곳에 머물지 않는 것
오늘은 지나가 버린 어제가 아니다

우리는 서로 미소 짓고 입맞추며
별 아래 동일한 운명을 찾고자 한다
같은 시간 속에 존재하지만
두 개의 물방울처럼 서로 다름에도

비스와바 쉼보르스카

레몬 애가

애절하게 당신은 레몬을 기다리고 있었어
하얗고 밝지만 쓸쓸한 병상에서

내가 건넨 레몬 한 조각을
당신은 가지런한 이로 꼭 깨물었지
토파즈 빛깔의 향기가 나는
몇 방울 안 되는 레몬즙에
당신은 의식을 되찾았어

당신의 맑고 푸른 눈동자는 희미하게 웃음 짓고
내 손을 잡은 당신의 손은 힘이 넘쳤지

당신의 목에서 거친 바람이 불었지만
치에코 당신은 변함없이
생사의 갈림길에서
평생의 사랑을 한순간에 쏟아 놓았지

이윽고
그 옛날 산꼭대기에서 그랬던 것처럼 심호흡을 한 번 한 뒤
당신의 숨은 그대로 멈춰 버렸어

당신의 사진 앞 벚꽃 그늘에다
차갑게 빛나는 레몬을 놓아둘게

다카무라 고타로

- 애가(哀歌) | 슬픈 심정을 읊은 노래. 특히 죽은 사람을 애닯프게 그리워하는 노래.
- 토파즈(topaz) | 붉은빛, 푸른빛, 초록빛, 누런빛 등을 띠는 광물. 아름다운 것은 보석으로 쓴다.

담

나는 담에게 반항할 수 없다
그저 반항하고 싶을 뿐이다

나는 무엇이고, 그건 무엇일까?
어쩌면
그것은 천천히 늙어 가는 나의 피부
스산한 비바람도 느끼지 못하고
미란꽃의 향기도 맡지 못하는
어쩌면 나는 한 그루 질경이,
하나의 장식으로
그 진흙 틈에서 살아간다
나의 우연이 그의 필연을 불러왔다

밤이면
담이 살아 움직인다
그 부드럽게 뻗은 헛발로
나를 짓누른다
나의 목을 조른다
나더러 모든 사물에 맞추라 한다
내가 놀라 거리를 뛰쳐나가자

똑같은 악몽을 꾼다
모든 사람들의 뒤꿈치에 걸린
주눅 들어 움츠린 눈빛
차가운 담벼락

나는 드디어 알았다
내가 가장 먼저 반항해야 할 것은
담에 대한 나의 타협,
그리고
이 세계에 대한 불안이라는 것을

수팅

• 미란(米蘭) | 중국의 화차를 만드는 꽃 가운데 하나. 여름과 가을에 꽃이 핀
다. 꽃은 황금색의 좁쌀 같은 모양으로 아주 향기롭다.

민주 판사

로스앤젤레스 법정 판사 앞으로
이탈리아 식당 주인도 왔다
판사는 미국 시민이 되고자 노력하는 많은 사람들을 심
사한다
　이탈리아 식당 주인은 진지하게 준비하고 왔지만 낯선
언어의 장벽에 걸렸다
　"부칙 8조는 무엇을 의미합니까?"
　그는 심사 질문을 받고 머뭇거리다가 1492년이라고 대
답했다
　그 조항은 지원자에게 영어 지식을 규정하고 있었으므로
그는 떨어졌다
　더 공부를 하고 3개월 뒤에 다시 왔지만
그는 여전히 낯선 언어의 장벽에 걸렸다
이번에 받은 질문은
　"남북전쟁에서 승리한 장군은 누구입니까?"였다
　그의 대답은 1492년이었다 (큰 소리로 상냥하게 대답했다)
다시 거절당하고
　세 번째 왔을 때 받은 질문은
　"몇 년마다 대통령을 뽑습니까?"였다

세 번째도 다시 1492년이라고 대답했다
판사는 그에게 애정을 느꼈고
영어를 배울 수 없다는 것을 알았고
어떻게 사는지 듣게 되었으며
노동으로 어렵게 산다는 것을 확인했다
그가 네 번째 나타났을 때
판사는 그에게 이렇게 질문했다

"미국은 언제 발견되었습니까?"

1492년이라는 정확한 대답을 근거로
그는 시민권을 획득했다

베르톨트 브레히트

• 부칙 8조 | 재판부의 과도한 보석금 징구, 벌금형 부과 및 잔인한 형벌 선고를
  금지한 조항.

신분증

적으시오!
나는 아랍인이오
신분증 번호는 오만 번
자식은 여덟이고
여름이 지나면 아홉째가 태어날 것이오
화를 내겠소?

적으시오!
나는 아랍인이오
채석장에서 동료들과 함께 일하고 있소
자식은 여덟이고
돌을 깨서
아이들을 먹이고
입히고 공부시키고 있소
당신네 문간에서 구걸하지 않고
당신네 발소리에 움츠러들지 않소
그래, 화를 내겠소?

적으시오!
나는 아랍인이오

직함 따위는 없소이다
모두가 울분에 떨며 사는 나라에서
참고 사는 사람이오
내 뿌리가 있는 곳은
시간이 생겨나기도 전
역사가 시작되기도 전
소나무와 올리브나무가 태어나기도 전
풀이 자라기도 전이오

내 부친은 쟁기를 끌던 집안 출신이오
양반 출신은 아니었소
할아버지도 농부였소
태생도 환경도 좋지 않았소!
할아버지는 내게 글자보다 먼저
태양의 긍지를 가르치고 있소
내가 사는 집은 나뭇가지와 등나무로 지은
문지기의 오두막 같소
내 처지가 마음에 드오?
난 아무런 직함도 없소!

적으시오!
나는 아랍인이오
당신들이 내 조상의 과수원을 훔쳐가 버렸소
내가 일구었던 땅과
내 아이들까지 훔쳐가 버렸소
당신들이 우리에게 남겨 놓은 건
이 바윗덩어리뿐이오
사람들이 말하기를, 그것마저
나라가 빼앗아 갈 거라니!

그러니까!
첫 번째 장 맨 위에다 적으시오
나는 누구도 미워하지 않고
약탈하지 않을 것이오
하지만 내가 굶주리게 되면
약탈자의 살은 내 밥이 될 것이오
조심하시오
조심하시오
내 굶주림을
내 분노를!

마흐무드 다르위시

표범 —파리의 동물원에서

창살을 통해 보는 데 지친 눈은
이제 아무것도 볼 수 없다
그 앞에는 수천 개의 창살만 있고
창살 뒤에는 세상이 없는 것 같다

계속해서 작은 원을 그리며 도는
그의 나긋하고 힘찬 발걸음은
강한 의지를 마비시켜 버리는 중심,
그 둘레를 도는 힘 있는 춤과 같다

가끔 눈꺼풀만이
소리 없이 깜박거린다 그때 하나의 영상이 비쳐 들어와
온몸에 배인 긴장된 정적을 뚫고 지나가다
심장에서 사라진다

라이너 마리아 릴케

부두 위

깊은 밤 고요한 부두 위
밧줄 드리운 높은 돛대 끝에
달이 걸렸다 그처럼 멀어 보이는 건
놀다 잊은 어린아이의 풍선뿐

토머스 어니스트 흄

산 너머 저 멀리

산 너머
저 멀리
가고 또 가도 먼 곳
행복이 산다고 하네
아, 남들 따라 갔다가
젖은 눈으로 돌아왔네
산 너머 저 멀리
멀고 먼 곳
행복이 산다고 하네

칼 부세

애너벨 리

아주아주 오래전
바닷가 왕국에
애너벨 리라는 소녀가 살았어요
어쩌면 당신도 알지 모르는,
그 소녀는 날 사랑하고 내 사랑을 받는 것밖엔
생각하지 않았어요

나도 어렸고 그 소녀도 어렸어요
바닷가 왕국에서
우리의 사랑은 여느 사랑과는 달랐답니다
나와 애너벨 리는
하늘의 천사도
우리의 사랑을 시샘할 정도로 사랑했어요

그렇기 때문일까요
바닷가 왕국에 한 차례 바람이 불어와
아름다운 애너벨 리를
싸늘하게 만들어 버렸어요
그녀의 지체 높은 친척 어른들이
그녀를 내 곁에서 데려가

바닷가 왕국
무덤에 가둬 버렸어요

천국에서 별로 행복하지 못한 천사들이
그녀와 나를 시기했던 것이지요
그래요! 그 때문이에요 (바닷가 왕국의
사람들이 다 알고 있어요)
한밤중 구름과 함께 바람이 일더니
나의 애너벨 리를 싸늘하게 죽여 버렸다는 것을

하지만 우리의 사랑은 나이 먹은 사람들의 사랑보다
우리보다 더 많이 배운 사람들의 사랑보다
훨씬 더 단단했답니다
하늘의 천사들도
바닷속 악마들도
내 영혼에서 아름다운 애너벨 리의 영혼을
떼어 놓지 못하고 있어요

달빛이 빛날 때마다
나는 아름다운 애너벨 리 꿈을 꾸어요

별들이 뜰 때마다
애너벨 리의 빛나는 눈동자를 느껴요
그래서 밤새도록
나의 사랑, 나의 생명, 나의 신부인
그녀의 곁에 눕는답니다 그곳 바닷가 무덤,
파도가 철썩이는 그녀의 무덤 옆에

에드거 앨런 포

사랑은

사랑은 오래 참습니다
사랑은 친절합니다
사랑은 시기하지 않습니다
사랑은 자랑하지 않습니다
사랑은 교만하지 않습니다
사랑은 무례하지 않습니다
사랑은 사욕을 품지 않습니다
사랑은 성을 내지 않습니다
사랑은 앙심을 품지 않습니다
사랑은 불의를 보고 기뻐하지 아니하고
진리를 보고 기뻐합니다
사랑은 모든 것을 덮어 주고
모든 것을 믿고
모든 것을 바라고
모든 것을 견디어 냅니다

바울

• 이 시는 《신약성경》 고린도전서 13장에 나오는 구절이다.

옷에게 바치는 노래

옷이여, 너는
아침마다 의자 위에서
내 허영, 내 사랑
내 희망, 내 몸뚱이를
받아들이려고 기다리는구나
나는
잠이 덜 깬 채
몸을 씻은 뒤
네 소매 안으로 들어간다
내 다리는
네 다리의 빈 구멍을 찾는다
그런 다음 너의 변하지 않는 충성심에
안겨
아침 산책을 나가고
시를 쓰기 시작한다
창밖을 통해 보인다
사물들
남자와 여자
사건과 싸움들이
끊임없이 나를 이루고

끊임없이 나와 맞서고
내 손을 일하게 하며
내 눈을 뜨게 하고
내 입을 움직이게 한다
똑같은 방식으로
옷이여
나는 너의 모습을 이루어 간다
너의 팔꿈치를 늘어지게 하고
너를 해지게 한다
그러다 보니 너의 삶이
나를 닮아 간다
너는 바람이 불면
나의 영혼인 듯
펄럭거리는 소리를 낸다
불행한 순간에는
밤이 되어
텅 빈 내 뼈에
달라붙는다
어둠과 꿈이
네 날개와 내 날개를

유령으로 가득 채운다
나는 생각한다
언젠가
적의
총알이
너를 내 피로 얼룩지게
하지 않을까 하고
그러면
넌 나와 함께 죽을 것이다
하지만
죽음은 그보다
덜 극적이고
단순할 것이다
네가 병이 들면
옷이여
나와 함께, 내 몸과
함께
땅속으로
들어가리라
그 때문에 나는

날마다
존경심을 품고
네게 인사를 한다 그러면 또
너는 나를 꺼안고 나는 너를 잊는다
우리는 하나이므로
그리하여 우리는 앞으로도 늘
밤이면 바람과 맞설 것이다
거리에서나 싸움터에서나
어쩌면 어쩌면 그 어느 날에도 떨어지지 않을
한 몸일 것이다

파블로 네루다

집의 노래

어느 시인의 책에서
별처럼 빛나는 말을 읽었다
"돌벽이 감옥을 만들지 못하고
쇠빗장이 우리를 만들지 못한다."

맞는 말이다 거기에 더하자면
그대가 어디를 떠돌더라도
대리석 바닥과 금박 입힌 벽이
집을 만들지 못한다는 걸 알리라

하지만 사랑이 머물고
우정이 찾는 집은 어느 곳이나
진정한 집, 행복한 집이나니
그곳에선 마음을 쉴 수가 있다

헨리 반 다이크

석탄

땅 밑에서 잠들고 있을 때
너는 어둡고 찌들었다
사람들은
얼마나 너를 미워하고 너를 두려워했는지
너를 보고 이렇게 말했다
"그 누구도 석탄 가까이 가서는 안 돼."
네가 불더미 속에서 춤을 추기 시작하자
까만 알몸에서
빨갛고 뜨거운 불길이 솟아올랐다
아! 모든 게 불길이다
아름답고 빛나는 불더미!
사람들은 옛일을 잊은 채
헤벌쭉 입을 벌리고
너를 찬양하는 노래를 부르다가
또 몸을 흔들면서
너의 춤 동작에 박자를 맞췄다

주쯔칭

이방인

-그대는 누구를 가장 사랑하는가? 수수께끼 같은 사람아,
　말해 보시오 그대의 아버지, 그대의 어머니, 그대의 누이
　아니면 형제?
-나는 아버지도 어머니도 누이도 형제도 없소
-그러면 그대의 친구?
-지금 당신은 뜻도 알 수 없는 말을 쓰고 있소
-그러면 그대의 조국?
-나는 그게 이 세상 어디에 있는지도 모른다오
-그러면 아름다운 여인?
-아아, 죽지 않는 여신이라면 기꺼이 사랑하고 싶을 거요
-그러면 돈?
-내가 제일 싫어하는 것이 돈이요 마치 당신이 신을 증오
　하는 것처럼
-그러면 그대는 무엇을 사랑하는가? 별난 이방인이여!
-나는 구름을 사랑하오 저기, 저 흘러가는 구름을, 저 경이
　로운 구름을!

샤를 보들레르

삶이 그대를 속이더라도

삶이 그대를 속이더라도
슬퍼하거나 화내지 말라
울적한 날들을 참고 견디라
즐거운 날 반드시 오리라
마음은 언제나 미래에 사는 것
지금은 한없이 우울해도
모든 것 덧없이 지나가고
사라진 것들 소중한 날 오리라

알렉산드르 푸슈킨

정원사 85

백 년 뒤에 나의 시를 읽고 있는 독자여, 당신은 누구입
니까?
나는 당신에게 이 풍성한 봄날에 피는 꽃을 단 한 송이
도 보내 드릴 수 없고 저 하늘 구름밭 새의 금빛 햇살을 단
한 줄기도 보내 드릴 수 없습니다
당신의 문을 열고 밖을 내다보십시오
당신의 꽃피는 정원에서 사라진 백 년 전의 꽃들의 향기
로운 추억들을 모아 보십시오
기쁜 마음으로 당신은 백 년 세월 저 너머로 즐거운 목
소리를 보내며 어느 봄날 아침을 노래했던 그 생생한 기쁨
을 느낄지도 모릅니다

라빈드라나트 타고르

창호지 한 장 사이로

화로를 피운 방 안에서
주인어른이 창문을 열고 과일을 사 오라며 말씀하신다
"춥지도 않은 날에 불을 너무 많이 피웠어.
열이 나 못 살겠군!"

처마 밑 기지 하나
북풍에 이를 으드득 갈며 죽을 것처럼 소리를 지른다
처마 밑과 안방 사이엔
단지 얇은 창호지 한 장뿐

리푸

흑인

나는 흑인이다
　까만 밤처럼 까맣다
　내 아프리카 오지(奧地)처럼 까맣다

나는 노예다
　카이사르가 내게 자기 현관 계단을 청소하라 했다
　나는 워싱턴의 구두도 닦았다

나는 일꾼이다
　내 손으로 피라미드를 세웠고
　울워스 빌딩에 바를 회반죽을 만들었다

나는 노래꾼이다
　아프리카에서 멀리 떨어진 조지아주까지
　내 슬픈 노래를 싣고 왔다
　나는 래그타임도 만들었다

나는 희생자다
　벨기에인들이 콩고에서 내 손목을 잘랐다
　그들은 지금도 미시시피에서 나한테 린치를 가한다

나는 흑인이다

까만 밤처럼 까맣다

내 아프리카 오지처럼 까맣다

랭스턴 휴즈

• 워싱턴 | 미국의 1대 대통령인 조지 워싱턴을 말한다.
• 울워스 빌딩 | 미국 뉴욕에 있는 가장 오래된 마천루 가운데 하나. 57층이다.
• 래그타임 | 재즈의 한 요소가 된 피아노 연주 방식.
• 린치(lynch) | 법의 정당한 절차를 밟지 않고 사사로이 가하는 형벌.

굴뚝 청소부 | 19세기 영국에서는 6~7세의 아이들이 굴뚝 청소
일을 했다. 이들은 폭이 40센티미터 내외인 뜨거운 굴뚝 안으로 옷옷
을 벗고 들어갔다고 한다. 이 시에서 굴뚝 청소부 아이들은 가혹한 현
실의 학대를 꿈으로 견디어 낸다. 꿈에서 천사의 도움으로 관에서 빠
져나온 톰은 구름 위로 올라가 즐겁게 논다. 하지만 그 꿈은 서글프게
여겨진다. 톰의 꿈은 과연 이루어질 수 있는 것일까. 검댕, 관, 열쇠,
청소 가방, 해, 강, 들판, 그리고 강물에 몸을 씻는 것 등은 각각 무엇
을 상징하는지 생각해 보자.

메시지 | 세상의 모든 사물은 저마다 나름의 내력과 사연을 가지
고 있다. 그것들은 말없이 우리에게 자신의 사연을 이야기한다. 그러
고 보면 우리의 주변은 아름답고 슬픈 이야기로 가득 차 있다. 그 이
야기들에 귀 기울여 보자. 주변에 있는 사물들이 어떤 내력을 가지고
있는지 상상해 보자. 그것들이 전하는 메시지를 들어 보자. 그것들과
대화해 보자.

지친 타조 | 동물원에 갇혀 있는 타조는 이미 타조가 아니라는
말은 무슨 뜻일까. 인간이 구경의 재미를 위해 동물을 가두어 기르는
일은 괜찮은 일일까. 동물원에 갇혀 사는 동물들의 처지에서 생각해
보자. 동물들은 사람들이 먹이를 주고 보살펴 주기 때문에 동물원의
생활을 좋아하는 것일까. 인간은 구경의 재미뿐만이 아니라 먹잇감
을 위해서도 동물을 가두어 기른다. 많은 동물들이 인간의 즐거움과
노역에 봉사하고 먹잇감으로 희생되고 있다. 인간과 동물의 바람직한
관계가 어떤 것인지 생각해 보자.

너무 작은 마음 | 우리는 누구나 한 번쯤 이 세상을 지금보다

더 낫게 하는 데 나도 한몫을 해야겠다는 훌륭한 뜻을 품는다. 언젠가
는 나보다 더 힘들게 사는 어려운 이웃을 도우면서 살리라 마음먹는
다. 하지만 그 뜻을 정말 실천하는 사람들은 많지 않다. 거기에는 이
런저런 이유가 있다. 세상을 더 낫게 하는 일은 이런저런 어려움이 있
다 하더라고 그 일을 꼭 실천하겠다는 의지가 있을 때에만 가능하다.

그가 죽인 사람 | 전쟁의 비극성과 비윤리성에 대해 이야기해
보자. 살인은 나쁘지만 전쟁에서는 허용될 수 있다고 생각하는 상대
적인 윤리관에는 문제가 없는지 토론해 보자. 나라 사이의 다툼은 반
드시 살육을 포함한 폭력을 통해서만 해결되어야 하는 것일까? 전쟁
을 하지 않고 국가적인 분쟁을 해결할 수 있는 방법을 생각해 보자.

화장(火葬) | 불구덩이에 던져지는 관(棺)이 빨간 우체통에 던져
지는 편지 같은 것이라면, 그 편지는 누가 어디에서 어디로 부치는 편
지이며, 받는 이는 누구일까. 그 편지에 빼곡히 적힌 사연에는 무슨
내용이 담겨 있을까.

두 번은 없다 | 우리는 흔히 삶이 되풀이된다고 생각한다. 또
하루가 시작되었다고 생각하고, 또 월요일이 왔다고 생각한다. 봄이
다시 '돌아왔다'고 말하고, 여름방학이 '돌아왔다'고 말한다. 하지만
되풀이되는 것은 아무것도 없다. 지나간 순간은 영원히 돌아오지 않
는다. 한 번뿐인 모든 순간은 우리에게 얼마나 소중한 것인가.

담 | 때로 우리의 삶, 또는 우리가 원하는 길을 가로막는다고 느껴
지는 것들에 대해 이야기해 보자. 그것은 우리가 넘어설 수 없는 것
일까, 아니면 내가 그저 그렇게 느끼는 것에 지나지 않는 것일까? "나
의 우연은 그의 필연을 결정하였다"는 말의 뜻은 무엇일까? 우연하게
주어진 삶의 조건 때문에 우리는 우리 삶을 가로막는 장벽을 어쩔 수
없는 운명으로 받아들이고 체념할 수 있다는 뜻으로 해석할 수 있을

까? 그렇다면 그럴수록 담은 더 강해질 수 있다. 담은 우리 마음이 만들어 내는 것일 수도 있기 때문이다.

신분증 | 지구상에는 아직도 다른 나라의 지배를 받으며 살고 있는 민족이 많다. 그들은 핍박받고 학대받으며 살고 있다. 우리 민족도 20세기 초에 수십 년 동안 일본의 지배를 받으면서 그런 경험을 겪은 적이 있다. 당시의 우리 민족의 처지를 되돌아보면서 부당한 지배를 받고 사는 사람들의 힘들고 고통스러운 삶에 대해 생각해 보자.

표범 | 이 시를 읽고 갇힌 표범에게서 연민과 두려움이 느껴진다면 그 연민과 두려움을 불러일으키는 요소들은 무엇일까. 억눌려 있는 표범의 날렵함과 야성의 힘이 어떻게 표현되고 있는지 이야기해 보자.

부두 위 | 한밤에 뜬 달을 본 느낌과 어린아이가 가지고 놀다 잃어버린 풍선이 주는 느낌의 공통점을 찾아보자. 이 시에서 "그처럼 멀어 보이는 건" 어떤 느낌을 말하는 것일까.

애너벨 리 | 이루지 못한 사랑의 한(恨)을 동화처럼 이야기하고 있는 시이다. 화자는 아주 오래전에 사랑하는 소녀를 잃었다. 하지만 그는 아직도 소녀를 잊지 못한다. 화자의 나이는 지금 얼마나 되었을까. 이미 무덤 속에 있는 사람에게 이처럼 온 삶을 바치는 사랑, 죽음도 갈라놓지 못하는 사랑은 가능할까. 이 화자의 사랑을 묘사할 수 있는 말을 생각해 보자. 열정적이다, 헌신적이다, 순수하다, 아름답다, 슬프다, 기이하다, 병적이다 등등의 말 가운데 어떤 말이 어울릴까. 이 시는 시인의 실제 사랑에 바탕을 두었다고 한다. 애드거 앨런 포와 버지니아 클렘(Virginia Clemm)의 사랑 이야기에 대해 찾아 읽어 보자.

옷에게 바치는 노래 | 일상의 평범한 것들도 다시 생각해 보

면 우리의 삶에 아주 중요한 의미를 지니는 존재일 수 있다. 우리 삶의 동반자가 될 수 있는 것은 사람만이 아니다. 동물이나 물건도 우리의 동반자가 될 수 있다. 우리가 죽을 때까지 옷과 헤어져 살 수 없다는 것을 생각해 본 적이 있는가. 우리는 평생 옷과 특별한 관계를 맺고 산다. 어떤 점에서는 옷이 우리의 삶을 완성시켜 준다고도 할 수 있다. 주변의 사물들을 둘러보고 우리는 그것들과 어떤 관계를 맺으며 살고 있는지 생각해 보자.

이방인 | 이방인이란 낯선 곳에서 온 사람이다. 그는 고향을 떠나 방랑하는 사람이다. 그는 왜 고향을 떠난 것일까. 왜 방랑하는 것일까. 구름을 사랑한다는 말의 뜻을 생각해 보자. 흘러가는 구름이 상징하는 것은 무엇인가. 자유와 구속에 대해 생각해 보자. 진정 자유로운 삶이란 무엇일까. 우리의 삶을 얽매고 있는 것들은 무엇일까. 우리 삶에서 가족, 고향, 돈, 명예, 이념 등이 하는 역할은 무엇일까.

정원사 85 | 문학은 우리 삶에서 어떤 일을 하는가. "인생은 짧고 예술은 길다."라는 말이 있다. 그 말 속에 담긴 뜻을 생각해 보자. 문학이 삶을 대신할 수는 없지만 삶을 재현할 수 있다는 말에 대해서도 생각해 보자. 백 년 전의 시대를 묘사한 소설을 읽으면서 그 시대에 살고 있는 듯한 느낌을 받은 적이 있는가. 꽃향기를 노래한 한 편의 시를 읽으면서 실제로 향기를 맡고 있는 듯한 느낌을 받은 적이 있는가.

흑인 | 흑인의 비극적인 운명을 한탄하는 시. 흑인의 역사는 노예의 역사였다. 그들은 힘든 노역 속에서 세계의 문명을 건설했고, 뛰어난 음악을 만들어 냈다. 그럼에도 그들은 멸시와 차별을 받았고 그 차별은 아직도 사라지지 않고 있다. "까만 밤처럼 까맣다. 내 아프리카 오지처럼 까맣다"라는 말은 어떤 뜻과 감정을 표현하는 말인지 생각해 보자.

가네코 미스즈 金子みすゞ (1903~1930)
일본 시인. 자연의 풍경을 따뜻하게 응시하고 작은 생명을 소중하게 여기는 시를 많이 씀. 대표작으로《나와 작은 새와 방울과》,《풍어》등이 있다.

괴테, 요한 볼프강 폰 Johann Wolfgang von Goethe (1749~1832)
독일의 시인, 극작가, 소설가, 정치가, 과학자. 셰익스피어와 함께 근대 유럽 문학의 거봉(巨峰)으로 평가받음. 대표작으로《헤르만과 도로테아》,《빌헬름 마이스터의 편력시대》,《파우스트》등이 있다.

구르몽, 레미 드 Rémy de Gourmont (1858~1915)
프랑스의 시인, 소설가. 상징주의 이론을 전개한 문예평론가. 대표 저서로《문학적 산보》,《철학적 산보》,《프랑스어의 미학》등이 있다.

그릴파르처, 프란츠 Franz Grillparzer (1791~1872)
오스트리아의 극작가. 문학평론과 미학 논문도 썼으며, 날카로운 경구를 남김. 대표 희곡으로《할머니》,《사포》,《금빛 양모피》등이 있다.

나카하라 추야 中原中也 (1907~1937)
일본 시인. 근대문학을 대표하는 서정시인. 대표 시집으로《염소의 노래》,《지난날의 노래》등이 있다.

네루다, 파블로 Pablo Neruda (1904~1973)
칠레 시인. 대학에서 철학과 문학을 공부. 1971년 노벨문학상 수상. 대표 시집으로《20편의 사랑의 시와 한 편의 절망의 노래》,《지상의 주소》등이 있다.

다니카와 순타로 谷川俊太郎 (1931~)
일본 시인. 중학교 시절부터 시를 썼으며, 대학에 진학하지 않음. 애니메이션 〈우주 소년 아톰〉 주제가, 〈하울의 움직이는 성〉 엔딩곡 작사. 대표 시집으로《당신에게》,《사랑에 관하여》,《귀를 기울이다》,《일상의 지도》등이 있다.

다르위시, 마흐무드 Mahmoud Darwish (1941~2008)
팔레스타인 시인. 팔레스타인 해방기구에서 활동하면서 고향을 잃은 팔레스타인 민족의 아픔을 대변하는 시를 씀. 대표 시집으로《올리브 나뭇잎》,《팔레스타인 연인》,《새들 갈릴리에서 죽다》등이 있다.

다이크, 헨리 반 Henry van Dyke (1852~1933)
미국의 시인, 소설가, 수필가. 1920년에 나온《시집》을 통해 널리 인기를 누림. 대표 작으로《푸른 꽃》,《황금 열쇠》등이 있다.

다카다 도시코 高田敏子 (1914~1989)
일본 시인.《월요일의 시집》이후 여성의 일상의 삶을 소재로 한 작품을 써서 '부엌 시인', '엄마 시인'이라고 불림.

다카무라 고타로 高村光太郎 (1883~1956)
일본의 시인, 조각가. 미국과 프랑스에서 조각을 공부함. 대표 시집으로《도정》,《지에코초록》등이 있다.

다카하시 준코 高橋順子 (1944~　)
일본 시인. 불문학을 공부함. 대표 시집으로《바다까지》,《바람》,《행복한 잎》,《보통 여자》,《가난한 의자》등이 있다.

다케히사 유메지 竹久夢二 (1884~1934)
일본의 시인, 화가. 처음에는 시인이 되고 싶었으나 시인으로 생계를 유지할 수 없음을 알고 그림을 그리기 시작함. 독학으로 그림을 공부하여 당대에는 주목받지 못했으나 사후에 높이 평가받음.

데이비즈, 윌리엄 헨리 William Henry Davies (1871~1940)
영국 시인. 젊었을 때 미국으로 건너가 떠돌이 생활을 하다가 사고로 다리 하나를 잃음. 대표 시집으로《영혼의 파괴자》,《슈퍼 떠돌이의 자서전》등이 있다.

디오프, 다비드 David Diop (1927~1960)
프랑스 출신의 세네갈 시인. 네그리뒤드 문학운동에 공헌. 식민 통치에 대한 분노와 아프리카의 독립에 대한 희망의 시를 많이 씀. 비행기 사고로 죽기 전에 프랑스어 시집《절구질》을 남김.

디킨슨, 에밀리 Emily Dickinson (1830~1886)

미국 시인. 청교도 가정에서 태어나 평생 외부 세계와 담을 쌓고 지내며 많은 시를 썼지만 생전에 발표된 시는 거의 없음. 20세기 이후 높이 평가받음.

레쉬엔 雷抒雁 (1942~2013)

중국 시인. 대학에서 중문학을 공부하고 인민해방군에 참가하여 군인들의 삶에 대한 시를 씀. 대표 시집으로《사해군가》,《애플은 노래한다》등이 있다.

로세티, 크리스티나 Christina Rossetti (1830~1894)

영국 시인. 환상시, 종교시, 어린이를 위한 시 등을 많이 남김. 대표작으로《요귀시장》,《왕자의 편력》,《동요집》등이 있다.

롱펠로, 헨리 워즈워스 Henry Wadsworth Longfellow (1807~1882)

미국 시인. 하버드대학 교수로 있으면서 대중적으로 인기 있는 작품을 많이 씀. 대표 시집으로《에반젤린》,《하이어와터의 노래》,《마일즈 스탠디시의 구혼》,《밤의 노래》,《브르주의 종루》등이 있다.

루슬로, 장 Jean Rousselot (1913~2004)

프랑스의 시인, 소설가. 대표 시집으로《존재의 힘》,《존재함을 잊지 않기 위해》,《계속되는 공연》, 수필집으로《언어의 죽음 또는 생존》등이 있다.

리푸 劉復 (1891~1934)

중국의 시인, 언어학자. 스물여섯 살부터 시를 쓰기 시작. 스물아홉 살에 중국을 떠나 런던과 파리에서 언어학을 공부하면서 둔황석굴에서 발견된 문서 편찬.

릴케, 라이너 마리아 Rainer Maria Rilke (1875~1926)

독일 시인. 프라하대학에서 문학을 공부하고, 파리에서 조각가 로댕의 비서로 일하면서 로댕 예술에 영향을 받음. 대표작으로《두이노의 비가》,《오르페우스에게 부치는 소네트》,《말테의 수기》등이 있다.

마츠오 바쇼 松尾芭蕉 (1644~1694)

일본 시인. 무사이자 하이쿠 시인이었던 요시타다 아래서 일하다 에도(江戶)로 간 뒤 하이쿠 선생이 됨. 마흔 살에 방랑 생활을 시작하여 전국을 떠돌아다니며 시적 감흥을 얻음.

메리엄, 이브 Eve Merriam (1916~1992)
미국 시인. 서른 살에 첫 시집을 출간해 예일 젊은 시인상을 받음. 어린이를 위한
시를 많이 남김.

미쏨씁, 싹씨리 Saksiri Meesomsueb (1957~   )
타이 시인. 키티삭(Kittisak)이라는 필명으로도 알려져 있음. 대표 시집으로《하얀
손》등이 있다.

밀레이, 에드나 세인트 빈센트 Edna St. Vincent Millay (1892~1950)
미국의 시인, 극작가. 바사대학 졸업 시절 첫 시집《재생》을 출간해 세상을 놀라게
함. 대표 시집으로《두 번째의 사월》,《하프 제작자의 발라드》,《한밤의 대화》, 희곡
으로《왕녀와 시동과의 결혼》등이 있다.

밀른, A. A. Alan Alexander Milne (1882~1956)
영국 시인. 아동문학, 수필, 추리소설 분야와 유머 잡지《펀치》편집자로 활동. 아동
을 위한 이야기책으로《어린 시절》,《아기 곰 푸》,《푸 동네 집》등이 있다.

바라티, 수브라마냐 Subrahmanya C. Bhrat (1882~1921)
인도 시인. 영국의 식민정책에 항거하는 정치 시를 많이 쓰고, 말년에는 신비적이
고 철학적인 시를 씀. 대표 시집으로《뻐꾸기의 노래》등이 있다.

바울 Paul
유대인. 본명은 사울. 처음에는 그리스도교를 박해했으나 나중에는 그리스도교의
열렬한 전도자가 됨.《신약성경》의 일부를 썼다고 알려져 있음.

발레리, 폴 Paul Valéry (1871~1945)
프랑스의 시인, 수필가, 철학가. 열여덟 살부터 시 쓰기에 몰두하여 많은 작품을 발
표. 상징시의 정점을 이뤘다는 평가를 받음. 대표작으로《젊은 파르크》,《매혹》,《있
는 그대로》등이 있다.

베를렌, 폴 Paul Verlaine (1844~1896)
프랑스 시인. 파리시청의 서기로 근무하면서 시를 씀. 세기말을 대표하는 상징주
의 시인으로 평가받음. 대표 시집으로《토성인의 노래》,《화려한 향연》,《말없는 연
가》,《예지(叡智)》등이 있다.

보들레르, 샤를 Charles Baudelaire (1821~1867)
프랑스의 시인, 미술평론가, 문예비평가. 시집《악의 꽃》은 미풍양속을 해친다는
이유로 벌금을 물기도 함. 다음 세대의 상징파 시인들에게 큰 영향을 끼침.

부세, 칼 Carl Busse (1872~1918)
독일의 시인, 소설가, 평론가. 신낭만파 시인의 한 사람으로 주목을 받음. 대표 시
집으로《신시집》, 소설로《청춘의 폭풍》등이 있다.

브라우닝, 엘리자베스 배릿 Elizabeth Barrett Browning (1806~1861)
영국 시인. 여덟 살에 그리스어로 호메로스의 작품을 읽고, 열네 살에 첫 시를 발표
한 조숙한 천재. 시인 로버트 브라우닝의 아내. 대표작으로《포르투갈어에서 번역
한 소네트집》등이 있다.

브레히트, 베르톨트 Bertolt Brecht (1898~1956)
독일의 시인, 극작가. 사회 비판적인 시를 많이 씀. 대표 시집으로《밤의 북소리》,
《바알 신》,《도시의 정글》,《가정용 설교집》, 희곡으로《억척어멈과 그 자식들》,《갈
릴레오 갈릴레이의 생애》등이 있다.

블라이, 로버트 Robert Bly (1926~   )
미국 시인. 하버드대학과 아이오와대학에서 공부. 대표 시집으로《눈 덮인 들판의
고요》,《몸 주변의 빛》,《죽어서 잃는 것은 무엇인가?》등이 있다.

블레이크, 윌리엄 William Blake (1757~1827)
영국 시인. 어린이의 관점에서 쓴 문명 비판적 시들로 낭만주의 문학 시대를 열었
다고 평가받음. 대표 시집으로《순수의 노래》,《경험의 노래》등이 있다.

빌라, 호세 가르시아 Jose Garcia Villa (1908~1997)
필리핀의 시인, 평론가, 소설가, 화가. 비둘기, 독수리, 사자의 뜻을 합성한 '도브글
리온(Doveglion)'이라는 필명이 있음. 대표 시집으로《많은 목소리》,《도브글리온의
시》,《와서, 여기 있다》등이 있다.

사미흐 알카심 Samh al-Qsim (1939~2014)
요르단의 시인, 극작가, 저널리스트. 주로 정치 시를 발표함. 대표 시집으로《태양
의 행렬들》,《오솔길의 노래들》,《가면들의 몰락》, 희곡으로《잔즈의 혁명》,《천둥새
를 기다리며》등이 있다.

상드라르, 블레즈 Blaise Cendrars (1887~1961)

스위스 출신의 프랑스 시인, 소설가, 미술평론가, 영화감독. 세계 곳곳을 편력한 경험을 속도감 있게 표현한 시를 많이 씀. 대표 시집으로《뉴욕의 부활제》,《완전한 세계》,《전달된 손》,《에펠탑》등이 있다.

샌드버그, 칼 Carl Sandburg (1878~1967)

미국 시인. 시카고라는 근대도시를 솔직한 언어로 표현한 시를 씀. 대표 시집으로《시카고 시집》,《옥수수 껍질을 벗기는 사람》,《연기와 강철》, 미국 각지의 민요와 전설을 모은《아메리카 민요집》등이 있다.

소잉카, 월레 Wole Soyinka (1934~)

나이지리아의 극작가, 소설가, 교육자. 아프리카 근대 연극계의 권위자. 1986년 아프리카 흑인 최초로 노벨문학상 수상. 대표 희곡으로《사자와 보석》,《숲의 춤》,《길》등이 있다.

수타르지 칼조움 바크리 Sutardji Calzoum Bachri (1941~)

인도네시아 시인. 말레이어로 시를 씀. 경전을 낭송하는 듯한 시를 써서 그의 시는 만트라 문체의 시로 알려져 있음. 대표 시집으로《명상하는 아르주나》,《아무크》,《수타르지》등이 있다.

수팅 舒婷 (1952~)

중국의 시인, 수필가. 노벨문학상 후보로 거론되는 여성 시인. 대표 시집으로《쌍돛단배》,《시조새》, 수필집으로《타는 마음》,《가을의 정서》등이 있다.

쉼보르스카, 비스와바 Wisława Szymborska (1923~2012)

폴란드의 시인, 수필가, 번역가. 그의 시는 현대 문명에 대한 비판, 인간의 실존 문제에 대한 깊은 철학적 명상을 담고 있음. 1996년 노벨문학상 수상. 대표 시집으로《우리가 살아가는 이유》,《끝과 시작》,《순간》,《콜론》등이 있다.

스나이더, 게리 Gary Snyder (1930~)

미국 시인. 비트제너레이션의 대표자 중 한 사람으로, 불교와 동양문화에 조예가 깊고 중국 시와 일본 시를 번역하기도 함. 대표 시집으로《거북이섬》,《립랩》,《파도에 대하여》등이 있다.

스완, 마이클 Michael Swan
영국의 시인, 영어교재개발자. 현재 생존 중이나 태어난 해가 알려져 있지 않음. 쉽고 재미있는 시를 씀. 대표 시집으로《그들이 당신에게 올 때》, 교육 저서로《실용영어어법》,《영어는 어떻게 작동하는가》등이 있다.

시믹, 찰스 Charles Simic (1938~)
유고슬라비아 출신의 미국 시인. 뉴욕대 졸업. 대표 시집으로《풀잎이 말하는 것》,《밤소풍》,《오전 세 시의 목소리》,《나의 소리 없는 수행원》등이 있다.

실버스틴, 셸 Shel Silverstein (1930~1999)
미국의 시인, 작곡가, 화가, 수필가. 재치와 유머로 가득 찬 동시를 많이 쓰고, 자신의 책에 직접 삽화를 그림. 대표 시집으로《골목길이 끝나는 곳》,《다락방의 불빛》,《폴링업》등이 있다.

아계여 Agyeya (1911~1987)
인도의 시인, 평론가. 본명보다 '아계여'라는 필명으로 더 잘 알려짐. 힌두문학의 신시운동과 실험주의운동의 대표자. 대표 시집으로《옥중의 날》등이 있다.

아이칭 艾青 (1910~1996)
중국 시인. 본명은 장하이청[蔣海澄]. 상징주의 시를 많이 씀. 대표 시집으로《대언하(大堰河)》,《오만유(吳滿有)》,《북방(北方)》등이 있다.

아폴리네르, 기욤 Guillaume Apollinaire (1880~1918)
프랑스 시인. 가난하게 살면서도 여러 예술 운동에 열정적으로 참여하여 전위예술의 중심인물이 됨. 시론《새로운 정신과 시인들》에서 다다이즘과 초현실주의를 예언. 대표 시집으로《사랑에 목숨을 바쳐라》,《칼리그람》등이 있다.

야마무라 보쵸 山村暮鳥 (1884~1924)
일본 시인. 신학 공부를 하고 성공회의 전도사 일을 함. 대표 시집으로《세 명의 처녀》,《구름》등이 있다.

예이츠, 윌리엄 버틀러 William Butler Yeats (1865~1939)
아일랜드 시인. 아일랜드 문예부흥운동을 주도하고 아일랜드 독립운동에도 적극 참여하여 그 공로로 국회의원이 됨. 1923년 노벨문학상 수상. 대표 시집으로《책임》,《탑》,《마지막 시집》등이 있다.

오르텅스 블루 Hortense Vlou.
본명은 프랑수아즈 바랑 나지르. 정신병원에서 요양 중일 때 쓴 시 〈사막〉으로 파리 지하철 공사 시 공모전에서 대상을 받음.

와트 완레이양쿤 Wat Wanlayyangkoon
타이 시인. 알려진 정보가 없음.

요시노 히로시 吉野弘 (1926~2014)
일본 시인. 30대 후반에 다니던 회사를 그만두고 시 쓰는 일에 전념. 대표 시집으로 《10와트의 태양》,《요시노 히로시 시집》, 수필집으로《유동시점》,《시의 즐거움》등이 있다.

워즈워스, 윌리엄 William Wordsworth (1770~1850)
영국 시인. 1798년 S. T. 콜리지와 함께《서정민요집》을 펴내 낭만주의 시대의 시작을 알림. 대표 시집으로《석양의 산책》,《서곡》,《소요》등이 있다.

잠, 프랑시스 Francis Jammes (1868~1938)
프랑스 시인. 평생을 자연 속에서 살며 자연의 풍물을 종교적 애정으로 노래함. 대표 시집으로《새벽 종으로부터 저녁 종까지》,《프리뮬라의 슬픔》,《하늘의 빈터》등이 있다.

주쯔칭 朱自清 (1898~1948)
중국의 시인, 평론가.《중국신문학대계·시집》을 편집하면서 시인과 비평가로 이름을 떨치고,《표준과 척도》를 편집 저술하여 새로운 문학론을 제창. 대표 시집으로 《종적(蹤跡)》등이 있다.

지셴 紀弦 (1913~2013)
중국 시인. 중국 현대시 발달에 선구적 역할을 함. 대표 시집으로《무인도》,《지셴 시선》, 시론집으로《신시론집(新詩論集)》,《지셴 논집》등이 있다.

짱 쌔땅
타이 시인. 알려진 정보가 없음.

차르디, 존 John Ciardi (1916~1986)
미국 시인. 이탈리아계 이민 집안에서 태어남. 진지한 연애 시부터 우스운 난센스 시까지 다양한 시를 씀. 대표 시집으로 《존 차르디 시선집》, 《폼페이의 새들》, 《또 다른 하늘》 등이 있다.

캐럴, 루이스 Lewis Carroll (1832~1898)
영국의 동화작가, 수학자. 자신이 다니던 대학의 학장 딸인 앨리스 리델에게 이야 기해 준 것을 동화로 엮은 《이상한 나라의 앨리스》와 그 속편 《거울 나라의 앨리 스》는 근대 아동문학을 확립한 작품으로 평가받음.

커밍스 E. E. Edward Estlin Cummings (1894~1962)
미국의 시인, 소설가. 시각에 호소하는 특이한 스타일의 실험적 시를 씀. 대문자를 사용하지 않거나 구두점을 생략하거나 단어를 마음대로 잘라 내기도 함. 대표 시집 으로 《비바》, 《에이미》, 《괜찮아요》 등이 있다.

컬린, 카운티 Countee Cullen (1903~1946)
미국 시인. 목사 집안에서 성장. 인종차별, 흑인 사회의 비판을 담은 시를 씀. 대표 시집으로 《얼굴색》, 《구리빛 태양》 등이 있다.

쿠민, 맥신 Maxine Kumin (1925~2014)
미국 시인. 삶의 순환과 자연을 소재로 한 시를 씀. 대표 시집으로 《시골》, 《회수 시 스템》, 《땅에서의 삶은 길지 않으리라》, 《양육》, 《점들을 잇기》 등이 있다.

킹즐리, 찰스 Charles Kingsley (1819~1875)
영국의 시인, 성직자, 소설가. 빅토리아 여왕의 사제를 지냄. 대표 소설로 《히파티 아》, 《서쪽으로 항행!》, 진화론에서 아이디어를 얻어 쓴 어린이책 《물의 아이들》 등 이 있다.

타고르, 라빈드라나트 Rabindranath Tagore (1861~1941)
인도의 시인, 철학가, 작곡가, 극작가. 초기에는 유미적이었으나 농촌개혁에 뜻을 가지면서 현실 인식이 강해짐. 1913년 아시아인 최초로 노벨문학상 수상. 대표 시 집으로 《기탄잘리》, 《들꽃》, 《초승달》, 《정원사》 등이 있다.

타란치, 카히트 시트키 Cahit Sitki Taranci (1910~1956)
터키 시인. 파리로 가서 정치학을 공부하다 터키로 돌아와 국가기관에서 번역가로 일함. 대표 시집으로 《내 삶의 침묵》, 《35세》, 《아름다운 꿈》, 《이후》 등이 있다.

테니슨, 앨프리드 Alfred Lord Tennyson (1809~1892)

영국 시인. 로버트 브라우닝과 함께 빅토리아 시대의 대표 시인. 친구 아서 할람을 추모한 긴 시《인 메모리엄》이 큰 성공을 거둠. 대표 시집으로《아서왕의 죽음》,《공주》,《왕의 목가》등이 있다.

투르게네프, 이반 Ivan Sergeevich Turgenev (1818~1883)

러시아 소설가. 대표작으로 농노의 비참한 생활을 그린 연작《사냥꾼의 수기》, 조국 러시아와 러시아어의 아름다움을 찬미한《산문시》등이 있다.

티즈데일, 사라 Sara Teasdale (1884~1933)

미국 시인. 주로 개인적인 주제의 짧은 서정시를 씀. 대표 시집으로《바다로 흐르는 강물》,《사랑의 노래》,《불꽃과 그림자》,《달그림자》등이 있다.

파운드, 에즈러 Ezra Pound (1885~1972)

미국 시인. 영국 런던에서 활동하면서 1910년대의 이미지즘시 운동을 주도하고 모더니즘 문학의 정신적 지도자 역할을 함. 대표 시집으로《휴 셸윈 모벌리》,《캔토즈》등이 있다.

포, 에드거 앨런 Edgar Allan Poe (1809~1849)

미국의 시인, 평론가, 소설가. 미국 작가로서는 처음으로 국제적인 명성을 얻음. 추리소설로《모르그가의 살인 사건》,《황금벌레》, 시집으로《갈가마귀 외》등이 있다.

포파, 바스코 Vasko Popa (1922~1991)

유고슬라비아 시인. 생략 기법이 두드러진 독특한 시를 씀. 대표 시집으로《짖음》,《휴식 없는 들》,《두 번째 천국》,《늑대의 소금》,《황금사과》등이 있다.

폴란코, 훌리오 노보아 Julio Noboa Polanco

푸에르토리코 시인. 그의 시〈나만의 삶〉은 널리 알려져 있으나 미국에서 대학 공부를 했다는 것뿐 개인 신상에 대해서는 알려진 바가 없음.

퐁주, 프랑시스 Francis Ponge (1898~1988)

프랑스의 시인, 평론가. 일상적이고 친근한 사물과 현상을 소재로 하는 사물주의(事物主義) 시를 많이 씀. 대표 시집으로《12의 소품(小品)》,《물(物)의 편》,《집대성》등이 있다.

푸슈킨, 알렉산드르 Alexander Pushkin (1799~1837)
러시아의 시인, 소설가. 혁명적 사상 클럽인 '녹색 등잔'에 참가하여 농노제 타도의
정치사상을 키움. 19세기 러시아 리얼리즘 문학의 기초를 마련했다는 평가를 받음.
대표 소설로《예프게니 오네긴》,《대위의 딸》등이 있다.

프랜시스, 로버트 Robert Francis (1901~1987)
미국 시인. 하버드대학에서 공부. 초기에는 로버트 프로스트의 영향을 받은 시를
썼으나 나중에는 고유한 형식과 언어를 사용한 시를 발표. 대표 시집으로《여기에
나와 함께 서다》등이 있다.

프레베르, 자크 Jacques Prévert (1900~1977)
프랑스의 시인, 시나리오작가. 스무 살부터 시를 쓰기 시작했고, 초현실주의운동에
참여. 대표 시집으로《파롤》,《구경거리》,《비와 청명》,《이야기》등이 있다.

프로스트, 로버트 Robert Frost (1874~1963)
미국 시인. 깊은 삶의 철학을 평이한 언어로 이야기하여 대중들 사이에 폭넓은 인
기를 얻음. 케네디 대통령 취임식에 자작시를 낭송하기도 했고, 퓰리처상을 네 번
이나 수상함. 대표 시집으로《소년의 의지》,《산의 골짜기》,《서쪽으로 흐르는 개
울》,《이성의 가면》,《자비의 가면》등이 있다.

하기와라 사쿠타로 萩原朔太郎 (1886~1942)
일본 시인. 섬세하고 병적인 신경을 구체적인 언어로 표현했다는 평가를 받음. 대
표 시집으로《달에 울부짖다》,《청묘(靑猫)》,《순정소곡집》,《수도(水島)》, 평론집으
로《허망(虛妄)》,《정의》,《일본에의 회귀》등이 있다.

하디, 토머스 Thomas Hardy (1840~1928)
영국의 시인, 소설가. 건축가가 되려고 했으나 재능을 인정받아 소설가와 시인이
됨. 작품에 고향인 웨식스를 배경으로 운명의 힘에 농락당하는 인간의 모습을 그려
냄. 대표작으로《귀향》,《캐스터브리지의 시장》,《웨식스 이야 기》,《테스》등이 있
다.

헤르베르트, 즈비그니에프 Zbigniew Herbert (1924~1998)
폴란드 시인. 내면에서 우러나는 양심의 소리와 깊은 도덕적 성찰이 담긴 시들을 씀.
대표 시집으로《빛줄기》,《사물의 탐구》, 수필집으로《정원의 야만인》,《개미의 왕》

등이 있다.

헤이든, 로버트 Robert Hayden (1913~1980)

미국 시인. 1976년 아프리카계 미국인으로는 처음으로 미국의 계관시인이 됨. 대표
시집으로《시간의 무늬》,《추억의 발라드》,《애도기의 말》등이 있다.

휘트먼, 월트 Walt Whitman (1819~1892)

미국의 시인, 수필가, 기자. 가난한 농가에서 출생하여 독학으로 교양을 쌓은 뒤 교
사, 신문 편집 등의 일을 함. 평등의 사상을 자유롭고 솔직하게 노래한 시집《풀잎》
을 발표하여 자유시의 수법을 확립.

휴즈, 랭스턴 Langston Hughes (1902~1967)

미국의 시인, 소설가. 고등학교를 졸업하던 해 〈흑인, 강을 말하다〉를 발표하여 주
목을 받음. 1930년대 흑인문예부흥 운동을 주도한 대표 흑인 시인. 대표 시집으로
《지친 블루스》,《할렘의 셰익스피어》등이 있다.

휴즈, 테드 Ted Hughes (1930~1998)

영국의 시인, 소설가, 동화작가. 자연계와 야생동물, 무의식 세계에 대한 시를 씀.
잉글랜드의 계관시인으로 활동. 대표 시집으로《빗속의 매》,《까마귀》,《강》,《늑대
관찰》등이 있다.

흄, 토머스 어니스트 Thomas Ernest Hulme (1883~1917)

영국의 시인, 평론가, 철학가. 이미지즘시 운동을 주도함. 종교적 세계관과 고전주
의 예술관으로 T. S. 엘리엇을 비롯한 여러 시인, 문학가들에게 영향을 줌.

히니, 셰이머스 Seamus Heaney (1939~2013)

아일랜드 시인. 아일랜드의 전통적인 농촌 삶을 다룬 시와 역사를 다룬 시를 많이
씀. 예이츠 이래 가장 위대한 아일랜드 시인으로 평가받음. 1995년 노벨문학상 수
상. 대표 시집으로《자연주의자의 죽음》,《들일》,《겨울나기》,《스테이션 섬》등이
있다.

| 만든 사람들 |

옮긴이

강종임   동국대학교 인문과학대학 중어중문학과 겸임교수. 논문으로 〈설화를 통해 본
        중국과 한국의 사유 특성: 상사목의 형상을 중심으로〉 등이 있다.

김인수   강원대학교 독어독문학과 교수. 지은 책으로 《독일 허무주의 문학》, 논문으로
        〈독일 낭만주의에 나타난 허무주의〉, 〈니이체의 비극론에 대한 변증법적 구
        조 고찰〉 등이 있다.

민시영   영남대학교 일어일문학과 강사. 논문으로 〈번역상의 의성어 의태어의 특징〉,
        지은 책으로 《생활 속의 한자》(공저) 등이 있다.

송무   경상대학교 사범대학 영어교육과 교수. 지은 책으로 《영문학에 대한 반성》,
        옮긴 책으로 《국어시간에 세계단편소설읽기 1, 2》, 《달과 6펜스》, 《소돔과 고
        모라》, 《위대한 개츠비》 등이 있다.

이은숙   계명대학교 교양교육대학 교수. 옮긴 책으로 《고리오 영감》, 지은 책으로 《프
        랑스인의 눈에 비친 한국》(공저), 논문으로 《프랑스 페미니스트 문학의 이론
        과 실제》 등이 있다.

도움 주신 전국국어교사모임 선생님들

권택경 (한국교원대학교 부설고등학교) | 김은영 (청주농업고등학교)
김중수 (부산 영선중학교) | 이정관 (전주효문여자중학교)
장소연 (진천고등학교) | 정선혜 (양청고등학교)
조선희 (청원고등학교) | 주쌍희 (부산 용문중학교)
최용석 (고려대학교 사범대학 부속중학교) | 최인영 (경희고등학교)
허승 (김해 삼정중학교)

• 현재 근무지와 다를 수 있습니다.

| 감사의 말 |

이 책에 시를 실을 수 있도록 허락해 준 시인과 관계자 분께 감사드립니다.

로버트 프랜시스의 〈투수〉. 웨슬리언대학출판사의 허락을 받아 번역했습니다.

찰스 시믹의 〈수박〉. 찰스 시믹의 허락을 받아 번역했습니다.

마이클 스완의 〈뉴스거리〉. 마이클 스완의 허락을 받아 번역했습니다.

다카다 도시코의 〈아침〉. 다카다 도시코 딸의 허락을 받아 번역했습니다.

다카하시의 준코의 〈청바지〉. 타카하시 준코의 허락을 받아 번역했습니다.

다니카와 순타로의 〈아침의 릴레이〉. 다니카와 순타로의 허락을 받아 번역했습니다.

요시노 히로시의 〈무지개의 발〉. 요시노 히로시의 허락을 받아 번역했습니다.

게리 스나이더의 〈비 새는 지붕 몇 주나 바라만 보다〉. 게리 스나이더의 허락을 받아
번역했습니다.

Acknowledgements

We would like to thank the following poets and copyright holders for permission to translate and publish
their poems in this anthology.

Robert Francis. "Pitcher." Translated by permission of Wesleyan University Press.

Charles Simic. "Watermelons." Translated by permission of Charles Simic.

Michael Swan. "News Item." Translated by permission of Michael Swan.

Takada Toshiko. "Morning." Translated by permission of Takada Toshiko's daughter.

Takahashi Junko. "Jeans." Translated by permission of Takahashi Junko.

Tanigawa Syuntaro. "Relay of Morning." Translated by permission of Tanigawa Syuntaro.

Yoshino Hiroshi. "To Nanako", "Feet of the Rainbow." Translated by permission of Yoshino Hiroshi.

Gary Snyder. "After weeks of watching the roof leak." Translated by permission of Gary Snyder.

국어시간에 세계시읽기

송무 기획, 전국국어교사모임 엮음

1판 1쇄 발행일 2010년 8월 27일
개정판 1쇄 발행일 2012년 4월 9일
2판 1쇄 발행일 2020년 3월 16일

발행인 | 김학원
편집주간 | 김민기 황서현
기획 | 문성환 김보희 김나윤 김주원 전두현 최인영 김소정 이문경 임재희 하빛 이화령
디자인 | 김태형 유주현 박인규 한예슬
마케팅 | 김창규 김한밀 윤민영 김규빈 송희진 김수아
저자·독자 서비스 | 조다영 윤경희 이현주 이령은(humanist@humanistbooks.com)
제작 | 이정수
용지 | 화인페이퍼
인쇄 | 청아디앤피
제본 | 정민문화사

발행처 | (주)휴머니스트 출판그룹
출판등록 | 제313-2007-000007호(2007년 1월 5일)
주소 | (03991) 서울시 마포구 동교로23길 76(연남동)
전화 | 02-335-4422 팩스 | 02-334-3427
홈페이지 | www.humanistbooks.com

ⓒ 송무·전국국어교사모임, 2020

ISBN 979-11-6080-351-8 43800

만든 사람들

편집주간 | 황서현
기획 | 문성환(msh2001@humanistbooks.com)
편집 | 이영란
표지 디자인 | 김태형
본문 디자인 | 김수연
일러스트 | 박지윤